그대여야만 하는 그대가 올 때까지 난 혼자일 겁니다.

아나운서로서가 아니라, 딸로서가 아니라, 여성으로서가 아니라
주체적인 인간으로서 든든히 서야겠다고 마음먹습니다.
오늘은 인간 황정민의 독립기념일입니다.

영혼이 자유롭기 위한 몇 가지 제언

남과 다르다고 해서 자신을 배신하지 말 것.
나와 다르다고 해서 그 사람을 멀리하지 말 것.
마음은 따뜻하게 생활은 씩씩하게 할 것.
진심이 통할 때까지 시간을 두고 기다릴 것.

황정민은 누군가처럼 될 수도 없고 누구도 황정민처럼 될 수 없습니다.
누구보다 잘하고 못하는 아무개가 아니라
있는 그대로, 생긴 그대로로 인정받고 싶다고 생각합니다.

포장지를 다 뜯어버리고 내용물만 달랑 꺼내들고 다니기로 했습니다.
그냥 자연스러운 내 모습을 사랑하기로 했습니다.
내일 방송에 괴물이 나오더라도 너무 놀라지 마십시오.

젊은날을 부탁해

젊은날을 부탁해

황정민

마음산책

젊은날을 부탁해

1판 1쇄 인쇄 2002년 8월 15일
1판 1쇄 발행 2002년 8월 20일

지은이 | 황정민
펴낸이 | 정은숙
펴낸곳 | 마음산책

표지 · 화보사진 | 이병률
편집 | 고은희 · 구윤회   디자인 | 이지윤
영업 | 공태훈   관리 | 동미옥
등록 | 2000년 7월 28일(제13 - 653호)
주소 | 서울시 서대문구 충정로 3가 270 (우 120 - 840)
전화 | 362 - 1452 ~ 4 팩스 | 362 - 1455
홈페이지 | http://www.maumsan.com
전자우편 | maum@maumsan.com

종이 공급 | 화인페이퍼
인쇄 | 한영문화사
제본 | 정민제본

ISBN 89 - 89351 - 27 - 8 03810

* 이 책의 인세 중 일부는 '캄보디아 성서 유니온'을 통해,
   캄보디아 사람들을 위한 출판사업에 쓰입니다.

* 책값은 뒤표지에 있습니다.

젊은날을 관통하는 용기와 지혜를 북돋워주신
부모님께 이 책을 바칩니다.

젊다는 건,
아직 가슴 아플
많은 일이 남아 있다는 건데.
그걸 아직
두려워한다는 건데.

— 황인숙 시, 「칼로 사과를 사과를 먹다」 중에서

아직은 꽃피는 삼십대인걸요

나이 서른을 넘기자 마음이 조급해지기 시작했습니다. 이도저도 만족스러운 것은 없고 하루하루는 정신없이 지나가고. 인생의 터닝 포인트라고 생각되는 지점을 지나면서 주변의 것들이 조금씩 다르게 보이더군요. 이쯤에서 나 자신은 진정 잘 살아가고 있는지, 또 나는 어떤 삶을 살기를 원하는지 정리를 해보고 싶은 마음에 이 글쓰기를 시작하게 되었습니다. 잘 쓰기보다는 솔직하고 소박하게 쓰자고 다짐했지만 그래도 참 버겁더군요. 글쓰기가 얼마나 어려운가를 절감한 나날들이었습니다.

이 글을 쓰기 시작한 때는 〈뉴스 투데이〉의 앵커를 막 그만둘 때였습니다. 그래서 욕심껏 글을 쓸 수 있으리라는 희망도 가져보았지요. 그러나 그후 6개월 뒤 다시 〈뉴스7〉을 진행하게 되면서 절대적으로 부족한 시간에 허덕이게 되었고 밤늦게 귀가하여 피곤한 몸으로 글을 쓰다가 조금만 누워서 생각해야지, 하면서 잠드는 일이 잦아졌습니다(저는 이런 취침을 '백열등 아래 일광욕'이라고 불렀답니다).

글을 쓰는 내내 영화 〈이웃집 토토로〉의 감독 미야자키 하야오의 말이 떠올랐습니다. "슬픈 일이든 기쁜 일이든 언제나 끝은 있다." 정말이지 그 말처럼 저를 위로하는 말이 달리 생각나지 않더군요. 글쓰기의 끝이 보이지 않을 때, 언젠가는 끝마칠 수 있겠지 생각하면 한결 마음이 나아졌습니다. 그런데 정말 이제 원고를 출판사에 넘기고 이렇게 '글머리에'를 쓰고 있다니, 믿기지 않아요!

이 책에 실린 글들은 '아나운서' 황정민의 이야기라기보다는 '자연인' 황정민의 이야기입니다. 그러니까 마이크를 끄고 고백하는 제 이야기입니다. 일과 사랑, 가족 이야기. 아주 사적인 이야기들을 쓰자고 생각하니 조금은 허둥댈 것도 같아 좋아하는 영화들을 실마리삼아 제 이야기를 털어놓았습니다. 영화를 보면서 이런저런 기억들이 실타래처럼 풀려 나와 제가 공감할 수 있는 부분, 때로는 아프게 떠오르는 기억들을 중심으로 풀어놓았습니다.

돌이켜 보면 힘들었던 시간보다 즐거웠던 일, 기뻤던 일들이 더 많은데 글의 느낌은 그렇지가 않습니다. 이상하지요? 각박하게 살았던 시간에 대한 기억이 글쓰기의 원동력이 된다는 것이 참 이상합니다. 아마도 그 아픈 시간이 좋았던 시간보다 더 오래 가슴에 남아 있어 털어놓고 싶은 욕망을 불러일으켰나 봅니다.

어떻게 생각하면 지난 일 중에 특별히 좋은 일이나 나쁜 일이 있었을까 하는 생각도 듭니다. 다 앞으로의 시간을 위한 자양분이 되겠지요. 저는 아직 꽃피는 삼십대인걸요.

이 글을 쓰는 동안 저의 피곤한 몸과 마음을 어루만져주신 부모님, 이명용 실장님, 아나운서실 식구들, 여의도 사람들, 〈FM대행진〉 정협, 경숙, 희주, 혜련 언니, 소연이, 은경이, 그리고 소장한 영화 비디오테이프를 빌려주며 독려해준 기원 작가, 솔직할 수 있도록 용기를 불어넣어준 최씨 아저씨께 감사드립니다. 또 책을 예쁘게 꾸며주신 〈마음산책〉분들 모두모두 감사합니다.

2002년 여름

황정민

차례

3

1

결혼은 어려워

아나운서여서 좋겠다고 말하는 사람들을 자주 만납니다. 텔레비전 화면에서 늘 깔끔하게 차려 입고 조명을 받아가며 밝은 모습만 보여준 덕택일 겁니다. 대학교를 졸업하자마자 취직해 벌써 올해로 10년째 방송국에서 일하고 있습니다.

집안도 화목합니다. 부모님은 갑부 소리를 들을 정도는 아니지만 자식들에게 기대지 않아도 될 만큼의 경제력을 가지고 계시고, 형제들 역시 부지런하고 성실하게 일해서 나름대로 자리를 잡았습니다. 이만하면 부끄러울 것도, 주눅들 일도 없는 조건을 갖춘 셈이라고 저는 믿습니다. 하지만 이렇게 훌륭한(?) 조건을 갖추고도 저는 여전히 미혼입니다. 아직도 결혼을 하지 않고 있는 저를 보고 연구해볼 만한 대상이라고도 합니다.

그러고 보니 참 많은 사람들을 만나봤습니다. 만남을 주선해주는 분은

엽기적인 그녀

감독 곽재용

주연 전지현, 차태현

장르 로맨스 코미디

제작 2001년

이렇게 좋은 사람 없으니 한 번만이라도 만나보라고 합니다. 딸이 있으면 사위 삼고 싶을 만큼 놓치기 아까운 자리니 그냥 나가서 앉아 있기만이라도 하라고 간곡히 권유하십니다. 상대는 대개 '일류 대학을 나왔고 외국에서 박사학위를 받고 귀국해서 장래성 있는 직업을 가지고 있는데 그동안은 공부하느라 여자 만날 시간 없었다'는 히스토리를 가진 이들입니다.

자의 반 타의 반으로 만남 장소에 나갑니다. 문을 열고 들어가면서 주위를 슬쩍, 그러나 재빠르게 휙 둘러봅니다. 과연 어떤 사람이 나와 있을까? 일반적으로 입에 침이 마르도록 늘어놓던 주선자의 칭찬은 거의 진실에 가깝습니다. 상대는 특별히 흠잡을 데가 없습니다. 물론 완벽한 사람이란 존재하지 않으며 한 번의 만남으로 완벽을 이야기한다는 게 어불성설이라는 걸 모르지는 않습니다. 제 얘기는 피상적 관찰이라는 전제 아래 생각할 때 더이상 흠잡을 게 없었다는 말입니다. 아니 제게 과분할 정돕니다. 인물이 빠지지도 않고 좋은 집안에서 교육받은 사람답게 귀티가 흐릅니다. 잘생기고 못생기고를 떠나서 호감이 가는 형입니다. 크게 부담스러운 자리가 아니라는 걸 감안해서 캐주얼을 입고 나왔지만 천박해 보이지 않습니다.

이렇게 어색한 탐색이 일차 끝나면 밥을 먹습니다. 첫 만남에선 함께 식사를 하지 않는 게 좋겠다는 어머니 말씀이 있었지만, 식사하자는 상대의 제의를 '노!'라고 냉정하게 끊어버리지 못합니다. 식탁을 덮은 천이 유난히 흽니다. 은은한 음악이 귓속 깊숙이 파고듭니다. 전채부터 후식까지 여러 음식이 나오지만 맛을 느끼지 못합니다. 낯가림이 심한 편이라 초면에 함께하는 식사가 불편하기 때문입니다. 무심한 듯 바라보는 종업원들의 시선까지 부담스럽습니다. 세상에 이렇게 참한 처자가 또 있을까요? 다만 한 번이라도 제 방송을 들어본 사람은 연신 화면에서 보던 것과 너무 다르다고 말합니다. 내숭이라고 말해도 할 수 없습니다. 그런 자리에만 가면 저절로 그런 분위기가 만들어지는 걸 어떡합니까?

집으로 돌아와서야 안도의 한숨을 내쉽니다. 그리고 그날 만났던 사람에 대해 찬찬히 곱씹어봅니다. 집에 잘 들어갔냐는 안부 전화를 하는 세심한 사람도 있고 대엿새 지나서야 전화를 거는 사람도 있습니다. 아직까지 만나자마자 고압 전류가 관통한 듯 떨림을 주는 사람은 없었지만, 그렇더라도 경솔하게 결정하지 말고 몇 번은 만나봐야겠다고 생각합니다. 그렇게 일주일에 한 번씩 몇 주쯤 만남이 이어집니다. 횟수가 늘어날수록 점점 피곤하다는 생각이 깊어갑니다. 엿새 동안 일에 시달

낯선 사람과 차를 마시다 보면
찻잔 속으로 긴장이 녹아듭니다.

린 터라 남은 하루마저 낯선 사람과 거북한 시간을 보내는 게 달가울 리
없습니다.

어느새 만남은 일이 되고 맙니다. 보고 싶고 그리워서가 아니라 의무
감에서 연락을 합니다. 어른들의 관심 또한 부담스럽습니다. 상대방 부
모님도 텔레비전에 나온 제 모습을 관심 있게 지켜보시겠지요? 몇 번을
만나야 결정을 내릴 수 있는 최소한의 예의를 갖추는 셈인지 명확한 규
정이 있으면 좋겠습니다. 주변에서는 웬만큼 고르고 결정하라고 등을 떠
밉니다.

영화 〈엽기적인 그녀〉는 제게 참 우울한 영화였습니다. 기대했던 것만
큼 밝고, 가볍고, 튀는 영화였지만 웬일인지 눈물이 나왔습니다. 극장이
떠나가라 웃음이 터지는 장면을 보면서도 저는 울었습니다. 영화의 의도
가 '엽기적인' 장면들을 부각시키는 것이었다면 최소한 제게는 실패했
습니다. 엽기적인 장면들은 무감하게 지나칠 수 있었지만 죽은 남자친구

를 마음에 품은 채 사는 그녀의 모습은 그럴 수가 없었기 때문입니다.

옛 사람을 떠나보내고 새로운 사람을 받아들이기까지 벌이는 그녀의 씨름이 안타까웠습니다. 이미 다른 세상으로 떠나버린 그와 자주 갔던 카페에 견우와 함께 가면서 그녀는 어떤 생각을 했을까요? 그와 마주앉았던 자리에 견우를 앉혀놓고 말입니다. 만난 지 100일 되는 날에는 예전의 그가 했던 것과 꼭같이 견우로부터 장미꽃 한 송이를 받습니다. 마음속에 슬픔을 가득 담아놓고도 애써 밝은 모습을 보이는 그녀. 그런 그녀를 지켜주는 견우에게서 그녀는 또다시 예전의 그의 모습을 찾습니다. 진탕 술을 마시고 울어보아도 그녀는 그를 떨쳐버릴 수가 없습니다. 그 장면에서 흐르던 노래를 기억하십니까? '그대여야만 하죠'라는 가사가 가장 사무치게 다가왔습니다.

그러나 장래성 없어보이는 견우를 못마땅해하는 엄마와 싸울 때나, 집에서 소개시켜준 다른 사람과 만나면서 그녀의 마음은 이제 견우를 찾아 헤맵니다. 떠나버린 그와 장래를 약속하던 그 나무 아래서 견우와 헤어

내 안의 나를 발견해주세요.

지면서도 그녀는 자신의 상대가 누군지 잘 알고 있습니다. 3년이라는 시간이 흘렀지만 서로를 잊은 적이 없는 시간이었습니다.

나이를 먹어갈수록 '뭐 특별한 사람이 있는 줄 알아? 사람은 다 똑같은 거야. 아무나 만나서 살다 보면 그냥 정들고……'로 시작되는 대충론을 자주 듣게 됩니다. 특별한 관계를 염두에 두고 누군가를 만나고 돌아올 때면, 특히 서로 호감을 주고받지 못했다는 느낌이 들 때면, '아무나 만나서 대충 맞춰 결혼해버리고 싶다'는 유혹이 스쳐갑니다. 유혹이 지난 자리에는 지금껏 뭐든지 척척 가져다주고 무슨 문제든지 술술 풀어주는 요술램프 속의 거인을 찾고 있는지도 모르겠다는 반성이 찾아옵니다. 존재하지 않는, 존재할 수 없는 모델을 설정하고 이런저런 이유로 사람들을 솎아내기만 한 게 아닌가 하는 자책입니다.

'좋은 집안에 키 크고 잘생기면 좋겠지. 직업도 유망하고 돈도 많이 벌면 좋겠고. 외조도 할 수 있을 정도의 능력 있고 세심한 사람이었으면. 친구들과 만났을 때도 분위기 망치지 않고 놀 때는 잘 놀고, 기념일에는 이벤트 만들어가며 인생을 즐기고, 함께 운동하고 같이 여행 다닐 수 있다면 얼마나 행복할까. 자기 일 열심히 하면서도 아내를 소외시키지 않고 아기가 생기면 똥기저귀도 같이 빨아주고……' 상상해보는 거야 자유지만, 저도 상대에게 그런 사랑을 베풀어줄 자신이 없는데 어디서 그런 사람을 찾을 수 있겠습니까?

주변의 기대도 결정을 어렵게 만듭니다. 사회적으로 안정된 상대를 만나 결혼한 직장 동료들은 보이지 않는 기준이 됩니다. 결혼을 전후해서 생활방식과 표정이 확연히 달라진 친구들을 볼 때면 부러운 마음이 듭니다. 속물처럼 보이십니까? 굳이 변명하지는 않겠습니다.

사람됨과 조건 사이에서 지쳐가는 제게 〈엽기적인 그녀〉는 새로운 도전을 주었습니다. '그대여야만 하는 그대'를 찾을 때까지 결정을 유보해두는 게 어떠냐고 권합니다. 어떤 사람을 찾고 있는지 정리해보라고 요구합니다. 이리저리 재고 따져가며 만날 생각을 버리라고 합니다. '정신을 차리고 보니 그가 내 마음속에 자리잡고 있는' 식의 만남은 기다리는 여유를 가진 이에게는 얼마든지 이뤄질 수 있는 꿈이라고 말합니다.

그래서 더 기다려보기로 했습니다. 마음이 자유로워서 여유있고 지혜로운 사람, 자신의 능력으로 세상을 헤쳐나가는 사람, 세상과 타협하지 않으면서도 조화롭게 어울릴 수 있는 사람, 결혼이라는 제도가 주는 구속까지도 함께 나누어 가질 사람, 혹시 잘못된 길을 가더라도 돌아오기

고심 또 고심. 우유부단 어사.
역시 결혼은 어려워.

를 기다려줄 수 있는 사람, 그리고 이런 나를 지금까지도 기다려준 사람이 나타날 때까지.

그대여야만 하는 그대가 올 때까지 난 혼자일 겁니다.

사랑은 어떻게 오는가

어떤 때 욕망을 느끼시나요? 아무도 몰래, 방문 걸어 잠그고 아무개양 비디오를 볼 때? 아니면 몸에 꽉 끼는 미니 스커트를 입은 여인이 코앞을 스쳐지나갈 때? 그의 눈빛을 느낄 때? 그에게 꼭 안겨 있을 때? 질문이 너무 도발적인가요?

그렇다면 이렇게 물어봅시다. 언제 그녀(또는 그) 앞에 더 오랫동안 앉아 있고 싶은가요? 그녀가 몸매를 확연하게 드러내는 멋진 옷을 입고 나왔을 때? 그녀의 미소가 근사하다고 느낄 때? 그가 열변을 토하는 부분에 당신이 관심 있을 때?

그것도 부담스러우면, 언제 그를 사랑한다고 느끼셨나요? 상대에게서 나와 같은 코드를 발견했을 때? 그의 따뜻한 눈빛이 영원할 거라는 확신이 들었을 때?

저는 그가 입을 벌리고 멍청하게 텔레비전을 보는 모습을 본 순간 그를 좋아하게 되었습니다. 신경을 바짝 곤두세우고 날이 선 채 일하고 있

아이리스
감독 리차드 에어
주연 주디 덴치, 케이트 윈슬렛, 짐 브로드벤트
장르 드라마
제작 2001년 미국·영국

을 때보다 무기를 내려놓고 풀어져 있는 그가 훨씬 더 매력적이었습니다. 한편으로는 안쓰럽고 한편으론 인간적인 장면이었습니다. 저렇게 무방비 상태로 방치되어 있는 모습까지 받아들일 수 있다면 기꺼이 사랑에 빠져도 괜찮을 듯싶었습니다.

텔레비전 안으로 빨려들어갈 듯 그의 시선은 브라운관에 고정되어 있었습니다. 만화영화가 얼마나 재미있던지, 시각을 다스리는 부분 외에 뇌의 나머지 영역은 텅 비어버리는 것만 같던 어린시절의 느낌이 떠올랐습니다. '평소의 삶이 얼마나 고단했으면 하찮은 텔레비전 프로그램에 넋을 빼앗기고 있을까?' 라는 생각이 떠오름과 동시에 다른 질문이 꼬리를 물었습니다. '이게 연민일까, 사랑일까?'

그는 체내 효소와 관련된 무슨 희귀 질환을 앓고 있었습니다. 다른 병과는 달라서 발병할 수도 있고 몸 안에 병인을 지닌 채 평생을 건강하게 살 수도 있는 병이라고 했습니다. 조심조심 스트레스 안 받고 운동 열심히 하고 좋은 음식 먹는 것이 최대의 예방법입니다. 혹시라도 심신에 부담을 주는 일에 시달리고 불규칙한 생활에 빠지면 병은 고개를 내밀고

가지를 뻗어나가기 시작합니다. 그의 가계에는 면역 체계에 이상을 가진 사람이 여럿 있다는 얘기도 들었습니다.

그에 대한 호감을 어떻게 해야 할지 망설이지 않을 수 없었습니다. 만약 사귀게 된다면 자연스럽게 결혼을 생각해야 할 텐데, 살다가 건강을 잃는 것이야 어쩌겠습니까마는 처음부터 가능성을 내포하고 시작한다는 건 아무래도 마음이 편치 않았습니다. 집안에 한 명이라도 아픈 사람이 있으면 모두가 그 짐을 나누어 질 수밖에 없고, 그러자면 자연 모두의 삶에 그늘이 지게 마련이라는 사실을 너무도 잘 알았기 때문입니다. 물론, 변하지 않는 것들에 기대는 것도 좋은 방법이겠지요. 그의 탁월한 능력, 현재의 건강, 그를 뒷받침해주는 배경들, 아버지나 어머니에 대한 믿음 따위가 지금의 그를 존재하게 하는 요소들입니다.

그러나 현재의 상황이나 조건들을 모두 배제하고 그를 사랑한다는 것은 쉬운 일이 아니었습니다. 상상하실 수 있으시겠습니까? 그 모든 요소들이 사라지고 난 뒤의 그의 모습이 어떠할지 짐작이 가시나요? 그만한 용기가 있었다면 지금의 건강하고 멋진 모습만 보고 과감히 평생을 함께 하기로 결정할 수도 있었겠지만 그러기에는 예측 불능의 시간들에 대한 두려움이 컸습니다.

아이리스는 극한 상황을 안고 사는 여성입니다. 치매. 아이리스의 뇌는 비어가고 있었습니다. 온갖 비밀스러운 일들을 저장해놓는 그녀의 비밀 창고가 서서히 비어가고 있었습니다. 누구도 막을 수 없고 치유할 수도 없는 악성 질환에 걸린 것입니다. 그 병에 걸리면 사랑하는 이와 나누었던 아름다운 순간이나 행복한 기억들도 붙잡아둘 수 없게 됩니다. 심지어 함께 사는 사람도 알아보지 못하게 되는 무서운 병입니다. 어느 순간이 되면 부모조차 보호의 손길을 거둘 수밖에 없습니다.

감각적인 유머와 타고난 글솜씨로 평생 주목받으며 살아왔던 그녀가 이제 죽음을 향해 걸음을 재촉하고 있습니다. 하루종일 남편 존의 뒤를 쫓아다니며 의미 없는 단어를 되뇝니다. 작고 사랑스러운 아기가 저질러도 참아내기 힘든 일을 늙고 병든 그녀가 존의 인내심을 시험이라도 하듯이 해댑니다. 아무데서나 오줌을 싸고도 부끄러워하지 않습니다. 강가에 수영하러 나갔다가 익사할 뻔한 일, 혼자 길거리를 헤매고 다니다가 집을 찾지 못해 존을 애태우게 한 일, 하필이면 그녀의 옛날 애인이 그녀를 집으로 데려다 준 일, 모든 것을 참아내던 존도 마침내는 버럭 소리를 지르고 맙니다. 그녀의 명석한 모습만을 보아온 그로서는 변화를 감당하기 힘들었겠지요. 혼자 방안에 들어와 흐느끼던 그는 곧 아이리스에게 돌아가 사과의 말을 건넵니다. 미안하다고.

존은 매력적인 외모의 소유자는 아닙니다. 더듬거리는 말투에다 뒤로 벗겨진 머리까지 아저씨 같은 모습에 가까웠지요. 아이리스를 열심히 따

있는 그대로의 모습을
받아들이는 너그러움이
당신에겐 있는지.

라다니는 걸 보면서도 그녀와 어울리는 남자란 생각은 들지 않았습니다. 존이 가진 가장 큰, 그리고 거의 유일한 장점은 아이리스의 모든 면을 그대로 이해한다는 것이었습니다. 그리고 그 장점은 아이리스와 존을 한데 묶는 단단한 동아줄이었습니다. 존은 아이리스의 바람기와 열정, 일탈을 묵묵히 그리고 꿋꿋이 참아냅니다.

둘이 행복할 수 있었던 데에는 존의 너그러움이 십분 작용했습니다. 그렇다고 존이 이를 악물고 인내심을 발휘했던 것은 아닙니다. 그에게 아이리스의 존재는 행복의 근원이었습니다. 함께 있으므로 행복할 수 있었던 것입니다. 존은 그녀의 재능을 높이 평가했고 그녀의 문학은 그와 함께 자라났습니다. 존은 그녀 자신보다 그녀를 더 잘 이해했습니다. 나이가 들어가면서 그녀 주변의 남자들도 사라졌고 그녀는 완전히 존의 차지가 되었습니다.

그러나 존이 아이리스를 완전히 소유했던 기간은 길지 않았습니다. 깊어질 대로 깊어진 병은 그녀에게서 의식을 앗아가고 있었습니다. 멍하니

넋을 놓고 있는 아이리스를 보고 존은 속상해합니다. '또 어떤 남자 생각을 하는 거지?' 라는 생각이 휙 지나갑니다. 비록 병들어 생기를 잃어버리긴 했지만, 아이리스는 존에게 기쁨과 슬픔을 동시에 주는 절대적인 존재였습니다. 결국 아이리스는 요양원에서 조용히 숨을 거둡니다. 당연히 그녀의 곁에는 존이 있었습니다.

현재를 보고 사랑하기는 어려운 일이 아닙니다. 젊음은 허다한 결점들을 가려줍니다. 삶에 대한 근거 없는 낙관도 긍정적인 성격으로 비칠 수 있고 미래의 가능성에 더 많이 기대어 지금의 초라함도 눈감아줄 수 있습니다. 평범한 얼굴도 젊다는 이유 하나만으로 빛나보이지 않나요? 그 당시밖에 지닐 수 없는 광채가 사람을 아름답게 만듭니다. 치기어린 독선도 특권 가운데 하나입니다.

그러나 현재의 모습이 미래의 사랑까지 담보해주지는 못합니다. 늙고 병들어 서로에게 폐를 끼치게 되었을 때도 그걸 견뎌낼 수 있을까요? 차

지금은 cool하고 fresh하고
깜찍발랄하지만, 그러나…….

츰차츰 인식의 기능을 잃어버리고 인지의 기능을 상실하는 단계까지 이른다 해도 서로에 대한 사랑을 유지하고 발전시켜 나갈 수 있을까요?

그에 대한 호감은 그렇게 접어버렸습니다. 그런 악조건을 감당할 만큼 그에게 빠져 있지 않았습니다. 그런 상황을 감당해내지 못할 것을 뻔히 알면서 어려운 길로 가고 싶지 않았습니다. 지금 그가 어떻게 살고 있는지는 모르겠습니다. 아이리스를 대하는 존의 헌신적인 모습을 보니 그가 떠올랐습니다.

누군가는 결혼하기 전에 4,50대 중년이 된 상대를 상상해보고 그래도 사랑할 수 있다는 판단이 들면 결정하라고 하더군요. 뜨겁게 타오르지 않으면 사랑이 아니라고 생각하던 때가 있었습니다. 그리워서 몸서리쳐지고, 언제나 손 닿는 곳에 있는 사랑하는 사람이 저를 지켜줄 것 같았습니다. 그러나 상대가 어떤 상황에 처하든 변함없이 사랑할 수 있을지는 모르겠습니다. 누군가를 사랑한다고 말할 때는 조심해야겠습니다. 그것이 사랑이 아닐 수도 있으니까요.

사랑에는 유효기간이 없다

"그는 사이보그야. 결혼 전이나 후나 변함없어." 결혼한 지 5년 된 선배의 말이었습니다. 남편을 보고 여전히 가슴 설레면 환자라고 놀리는 사람들 사이에서 그녀는 아직도 사랑스러워 죽겠다는 눈빛으로 남편의 뒷모습을 바라보며 그렇게 말했습니다. 부럽더군요. 저도 그렇게 얘기하면서 살고 싶습니다. 이 정도의 남자라면 그런 얘기를 들을 만하지 않을까요? 능력 있으면서도 여자의 마음을 헤아릴 줄 아는 남자, 어떠한 경우에도 절대 배신하지 않고 나를 사랑하는 것이 자신의 가장 소중한 일인 사람, 귀가할 때 환하게 불을 밝혀줘서 어두운 방으로 을씨년스럽게 기어 들어가지 않게 해주고 오늘의 일과에 대해 가볍게 얘기를 나눌 수 있는 존재, 웃음을 공유할 수 있고 함께 장난칠 수도 있고 나의 사랑에 절대적으로 기대는 어른, 그런 사람이 있다면 얼마나 좋을까요?

하지만 생각해보면 저도 그런 사람이 될 자신이 없습니다. 남자도 마찬가지겠죠. 능력 있다는 것은 그만큼 일상이 분주하다는 얘기인데, 그렇다면 함께 많은 시간을 보내주기를 기대하는 여자의 마음을 늘 채워주기란 불가능합니다. 우선 유능한 사람을 가만히 내버려두는 사회가 아니잖습니까? 당연히 귀가시간은 늦어질 것이고 오늘의 일과를 얘기할 여유도 없이 지쳐 잠자리에 들 것이고 일이 중요한지 제가 중요한지 입씨름이 오갈 것이고 모처럼의 주말은 특별히 보내야 한다는 강박관념에 편히 쉬지도 못하겠죠?

사실 모든 일을 독립적으로 처리하는 사람이 타인의 사랑에 절대적으로 기댈까요? 그런 존재가 있다면 그건 아마 로봇이겠지요. 어차피 입력된 대로 움직이는 게 로봇이라면, '여자의 마음을 잘 헤아릴 것'이라는 명령을 주입시키면 될 겁니다. 귀가시간도 입력하고 제가 좋아하는 유머 코드도 넣어주고 제 사랑이 없으면 움직이지 못하게 제 애정을 로봇의 에너지원이 되도록 하면 되겠군요. 마치 시계에 태엽을 감아주지 않으면 시계가 움직이지 않듯이.

그게 과학적으로 가능하겠느냐 따위는 생각할 필요가 없습니다. 과학은 언제나 인간의 상상력을 따라잡으려고 발버둥을 쳐왔고, 혹시 그런 노력이 결실을 맺지 못한다 하더라도 당장 아쉬울 건 없습니다. 꿈꿔보는 재미라는 게 있는 법이니까요.

A.I

감독 스티븐 스필버그
주연 윌리엄 허트, 할리 조엘 오스먼트, 주드 로
장르 드라마, SF
제작 2001년 미국

영화 〈A.I.〉는 그런 꿈을 상상력의 한계까지 펼쳐 보입니다. 데이빗은 인공지능 로봇의 이름입니다. 인간처럼 느끼고, 인간처럼 생각하고, 인간처럼 행동하는 로봇입니다. 말이 로봇이지 인간이나 다름없습니다. 어느 부부가 데이빗을 입양합니다. 불치병을 앓고 있는 아들을 냉동시켜놓은 이 부부는 의사의 권유로 데이빗과 만납니다. 깊은 상처를 받은 부인의 관심을 다른 곳으로 돌려보려는 의사의 배려였습니다. 부인만이라도 일상적인 생활을 영위하도록 하자는 것입니다. 혹시 의술이 더 발달해서 아들을 치료할 길이 생기면 어떻게 하느냐고요? 걱정할 필요 없습니다. 그때 가서 로봇을 폐기시키면 그만이니까요. 너무 비인간적이라고 생각하십니까? 굳이 성분을 따지자면 데이빗은 고성능 컴퓨터에 불과한데 그걸 버린다고 해서 비인간 운운은 너무 심한 게 아닐까요?

이렇게 생각해보기로 하죠. 어느 비오는 날 밤, 서글픈 마음에 술을 마시고 혼자 사는 아파트에 들어가는 자신의 모습을 그려보십시오. 불 꺼진 방은 텅 비어 있습니다. 문을 열자 외로움이 진하게 섞인 냉기가 훅 끼쳐옵니다. 그때, 구석에 웅크리고 있던 강아지 한 마리가 바람처럼 달려와서 품에 뛰어듭니다. 물기 어린 눈으로 머리를 비벼올 때 느껴지는 따듯함. 이럴 땐 정말 개가 웬만한 친구보다 낫다는 생각이 들지 않을까요? 어쩌면 하느님은 개에게 주인을 사랑하는 유전자를 따로 심어놓았는지 모릅니다. 아무튼 과학자는 데이빗이 엄마를 사랑하도록 조절을 해두었습니다. 일종의 애완견으로 충실하게 주인을 섬기라는 뜻이었을 겁니다.

의사가 기대했던 대로 부인도 차츰 데이빗을 마음에 받아들이고 그의 엄마가 되어줍니다. 처음에 그녀는 데이빗의 존재를 거부했습니다. 데이빗에게 눈길이 닿을 때마다 움찔움찔 놀라며 벽장 속에 그를 가두기도 합니다. 하지만 부인의 얼어붙었던 마음도 조금씩 녹아 그를 사랑스러운 눈길로 바라보게 됩니다. 마치 친아들에게 하듯이 잠옷도 갈아입혀 주고 서로를 길들여갑니다. 데이빗을 무릎에 앉히고 다정스레 위로하기도 하면서. 그녀 자신도 데이빗이 로봇인 사실을 점점 잊어갑니다.

어머니와 데이빗의 사랑이 깊어갈 무렵, 아들이 오랜 냉동 상태를 끝내고 살아 돌아옵니다. 새로운 삶을 시작하게 된 아들은 데이빗을 동생으로 받아들이지 않습니다. 아들에게 데이빗은 그저 로봇 인형에 지나지 않습니다. 정말 감쪽같이 인간을 닮았지만, 그래봐야 잘 만들어진 컴퓨터와 금속을 결합시킨 합금 덩어리일 뿐 수 있겠느냐고 생각합니다. 엄마의 사랑을 사이보그와 나눠 갖는다는 건 꿈도 꾸지 못할 일입니다. 친아들, 아니 인간 아들과 데이빗, 즉 사이보그 아들 사이에 끊임없이 문제가 생기자 엄마는 어쩔 수 없이 데이빗을 버리게 됩니다. 차마 폐기시키지는 못하고 도망시킵니다.

데이빗의 머릿속에는 '진짜 사람이 되면 엄마의 사랑을 받을 수 있을 거야'라는 생각뿐입니다. 데이빗은 자신과 똑같은 모습의 복제 로봇이 아무리 많아도 자신은 세상에 하나뿐인 존재라고 울부짖습니다. 데이빗 역할을 맡았던 할리 조엘 오스먼트의 표정이 눈에 선합니다. 선량해 보이는 용모에 해맑은 웃음을 가진 그가 만들어내는 슬픈 몸짓이 마음을 울렸습니다. 주르륵 눈물이 흘렀습니다. 그렇게 울어보긴 〈엄마 없는 하늘 아래〉 이후에 처음이었습니다. 데이빗의 한없는 사랑이 저를 슬프게 했습니다. 끊임없이 그 한 사람을 사랑하도록 입력된 로봇.

사랑은 끊임없이 변하는 것이라고 생각했습니다. 나중에 생각하면 지금의 고백들이 우스워질 것이라고 생각했기 때문에 사랑한다는 말도 아끼고 아꼈습니다. 조금의 허점만 보여도 그럴 줄 알았다는 듯이 한없이 흔들리는 모습을 보여줬습니다. 데이빗은 고사하고 애완견만큼의 충실함도 보여주지 못했습니다.

핑계를 대자면 변하는 모든 것들이 두려웠기 때문이라고 해야 할까요? 언젠가 그가 변해버린다면 감당할 수 없을 것 같았습니다. 오히려 통

내 사랑의 유효기간은
언제까지일까?

조림이라면 믿을 수 있습니다. 깡통 아래쪽에 적힌 유효기간 표시를 보셨나요? 'best before 2002.3.12.' 식의 프린트 말입니다. 그렇다면 그 순간까지는 최상의 상태인 것이지요. 그때까지는 의심하지 않아도 됩니다. 하지만 사람이란, 사랑이란 유효기간이 불분명합니다. 아니 그런 게 아예 없습니다. 압니다. 변하지 말라는 요구가 얼마나 터무니없고 허무맹랑한 것인지, 또는 꼭 변할 것이라는 믿음이 얼마나 근거 없는 것인지 잘 압니다. 그처럼 근거 없는 것들을 근거로 불안해한다는 게 얼마나 우스운 일인지도 잘 압니다. 하지만 앎과 느낌은 서로 상당한 거리를 두고 떨어져 있습니다. 알지만 그렇게 느낄 수 없는 걸 어떻게 하겠습니까.

데이빗에게 사랑은 입력된 감정이었습니다. 그러나 어디서 비롯된 사랑이냐를 떠나서 최소한 사랑의 지속성이나 그 순수성만큼은 최고의 순도를 지니고 있었습니다. 진아들 마틴이 돌아왔을 때도 데이빗은 담담한 눈길로 모든 걸 받아들입니다. 아마 마틴이 데이빗을 동생으로 받아들였다면 그는 마틴까지도 사랑했을 겁니다. 왜냐하면 엄마가 사랑하는 아들이니까. 데이빗은 질투하거나 시기하기보다는 부럽다는 생각을 합니다. 사람이 되고 싶다는 욕망에는 다른 아무것도 없습니다. 단지 엄마의 사랑을 받을 수 있을 것이라는 기대 때문입니다. 자신을 버리려는 엄마를 향해 원망하기는커녕 "로봇이어서 죄송해요. 허락하신다면 사람이 될게요. 제발 저를 버리지 마세요"라고 말하며 매달립니다. 험난한 여정 속에서도 데이빗은 오직 한 가지 엄마의 사랑을 받을 수 있는 사람이 되고 싶다는 생각뿐입니다. 비록 소프트웨어로 장착된 사랑일지라도 데이빗이 보여주었던 사랑의 모습, '사랑하는 사람이라면 적어도 이렇게'는 감동적이었습니다.

굳이 페시미스트(pessimist)가 아니더라도 시간 앞에 그 어느 것도 영원할 수 없음은 누구나 아는 사실입니다. 영원한 무엇이라면 그 영속성 때문에 도리어 하찮게 여겨질지도 모릅니다. 유효기간 무한대의 통조림

한 팔에 안아주는 곰인형의 포근함.
곰 같은 남편 만나야지.

이라면 냉장고 어느 구석에 처박혀서 결코 햇빛을 볼 수 없을 공산이 큽니다. 굳이 신경을 써가며 먹어치울 필요가 없기 때문입니다.

　사랑도, 그도 어떤 식으로든 변하겠지요. 변함없이 사랑하지만 그 색깔이 달라지는 일도 얼마든지 있을 수 있습니다. 말로 도장을 찍지 않아도 믿어지는 사랑도 사랑이고, 가족같이 익숙하고 편해져서 설렘이 없어진 사랑도 여전히 사랑입니다. 최소한 영화 속의 해맑게 생긴 사이보그는 나와 눈을 맞춰가며 그렇게 말하고 있었습니다. 넉넉한 사랑을 로봇에게서, 그것도 스크린 위에만 존재하는 로봇에게 배워야 하다니, 정말 여유 없이 살았나봅니다.

내 마음의 선생님

첫 만남부터 선생님은 등을 보였습니다. 가족 상황부터 친구 관계까지 시시콜콜 신상 얘기를 늘어놓지는 않더라도 최소한 이름 석 자는 알고 시작해야 하는 상황이었는데도 말입니다. 정식 교사가 아니라는 생각에서였을까요? 하긴 그는 임시직 교사였습니다. 문법 선생님이 결핵에 걸려 휴직을 하신 탓에 생긴 빈자리를 잠시 대신 채워줄, 말하자면 '대타'였던 셈입니다.

교실에 들어서자마자 등을 돌리고 수업을 시작한 건 나름대로의 '작전'이었을지도 모릅니다. 아이들이 웅성대기 시작했고, 누군가 일어서서 "선생님 성함이라도 말씀해 주셔야 하는 것 아닙니까? 아무리 짧은 시간을 대신 맡게 되셨다고 하지만 이건 너무한 것 아닌가요?"라고 불만을 터뜨렸습니다(참고로, 그 용감한 누군가는 반장이었던 바로 저, 황정민이었습니다).

그제야 선생님은 이름 석 자를 칠판에 쓰셨습니다. 싱긋 웃는 모습이 시원해 보였습니다. 이런저런 소문을 종합해보건대 그는 예전 문법 선생님의 대학원 후배로 아직 대학원생 신분이었고 잠시 동안 우리를 맡아주기 위해 학교로 온 것이었습니다. 지금 꼽아보면, 교사라곤 하지만 제자들과 고작 아홉 살 정도 차이나는, 그야말로 새파랗게 젊은 선생님이었습니다.

학교 분위기는 엄격함 그 자체였습니다. 자유로운 교풍의 중학교를 다녔던 터라 딱딱하기로 소문이 자자한 고등학교에 배정됐다는 소식을 받고 며칠은 울었습니다. 친구들도 마찬가지였습니다. 현실은 소문과 크게 동떨어지지 않았습니다. 신병 훈련소를 방불케 하는 극기 훈련과 아이들이 픽픽 쓰러져도 계속되는 운동장 조회. 출입구마저 교사용과 학생용이 구분되어 있었습니다. 얌전한 여학생으로 키워야 한다는 원칙에 따라 반드시 치마를 입어야 했고, 교실에선 실내복이라는 걸 입었습니다.

그런 분위기에서 그는 확실히 '튀는' 인물이었습니다. 총각 선생님이 귀하던 때라 더욱 인기가 높았는지도 모릅니다. 아무튼 선생님의 인기는 시쳇말로 '짱'이었습니다. 문법수업 시간이 되면 교탁 위에는 흔한 음료수가 아닌 맥주가 놓여 있었고 교무실 책상 위에는 항상 선물이 그득했습니다. 선생님이 지나간 자리엔 아이들의 수다가 남았습니다. 선생님이

한 시간 동안 누굴 몇 번 쳐다보았다느니, 누가 댁으로 선생님을 찾아갔다느니. 우울한 시절을 보내던 우리는 그렇게 그를 통해 숨을 쉬려고 했습니다. 저요? 일부러 관심 없는 척, 뭘 그렇게 유난들을 떠느냐고 치기 섞인 호기를 부렸지만, 아이들은 다 알고 있었을 겁니다. 선생님 얘기를 할 때 유난히 반짝이던 눈동자까지야 숨길 수 없었을 테니까요.

문법을 제대로 배웠는지는 기억이 나지 않습니다. 그가 들려주었던 여러 가지 영화 얘기들, 소개해준 책들 따위가 우리의 마음을 밝게 해주었습니다. 80년 광주 얘기도 해주었고 '역사가 모든 진실을 밝혀 줄 것'이라는 희망을 드러내기도 했습니다. 어린 학생들 앞에서 어울리지 않는 얘길 했다고 생각할 수도 있지만, 우리는 처음 듣는 그 놀라운 얘기를 다 알아듣지 못하면서도 선생님의 열변에 고개를 끄덕거렸습니다.

공부가 지독히도 하기 싫던 어느 날, 우리는 외쳐댔습니다. "첫사랑! 첫사랑!" 그러나 그게 깊은 절망에 빠져드는 단초가 될 줄은 정말 몰랐습니다. 제자들의 절대적인 사랑이 부담스러우셨는지 선생님은 자세하게 첫사랑 얘기를 풀어놓았습니다. 대학 2학년 때 그는 열심히 기도를 했다던가요? 사랑하는 사람을 달라고 100일 동안이나 교회를 찾아가서 빌었답니다. 그리고 그녀를 만났고 그래서 '아! 이 사람이 주님이 약속하신 그녀구나' 라는 확신을 갖게 되었답니다. 얼마나 깊이 사랑에 빠졌던지 어느 학기엔가는 학점이 형편없이 떨어지기까지 했더랍니다. 우린 또 의

내 마음의 풍금

감독 이영재
주연 전도연, 이병헌, 이미연
장르 드라마, 로맨스
제작 1999년

문에 사로잡혔습니다. 과연 그의 첫사랑은 실존 인물일까 아니면 꾸며낸 이야기일까. 아무도 그녀의 존재를 인정하기 싫어했습니다. 마치 선생님과 결혼이라도 할 것처럼, 그에게 애인이 있다는 게 왜 그리 서글프던지.

여름방학이 지났습니다. 방학 내내 그가 소개해준 책을 읽고 영화를 봤습니다. 독후감까지 써서 안부 편지에 동봉하는 열성을 보였습니다. 아, 삶과 죽음을 오가던 그 유치찬란한 감상과 글들. 어쨌든 선생님의 답장은 더할 나위 없이 큰 기쁨이었습니다. 숙제 검사를 마치고 노트에 한마디씩 달아주는 선생님의 평가를 잘 받기 위해 유난스럽게 과제를 열심히 했습니다. 선생님의 그 한마디는 공상 속에서 소설책 한 권으로 부풀려졌습니다.

선생님이 감독으로 들어오는 날은 끔찍한 시험마저도 축제였습니다. 한번은 정답이 2번인지 3번인지 고민하는 제 옆에 와서 '잘 모르겠니?'라는 말씀과 함께 정답을 꾹 짚어주고 지나가기도 했습니다. 시험 시간에 답을 가르쳐주는 선생님이 어디 있겠습니까? 책상을 짚는다는 게 시험지의 한 모퉁이를 짚었을 수도 있겠지요. 하지만 저는 기꺼이 선생님이 짚어준(?) 답을 적어냈습니다. 약간의 의리 같은 거였죠. 시험 시간이 끝나자마자 아이들이 몰려와 선생님이 뭐라고 하셨냐며 부러운 듯 캐물었습니다. 그만큼 모두가 선생님의 작은 몸짓 하나에도 일희일비(一喜一悲)했습니다.

그러나 쓰라린 기쁨도, 달콤한 슬픔도 영원히 계속되지는 않았습니다. 등장이 그랬던 것처럼 그의 퇴장도 돌연했습니다. 늦은 입대를 위해서라며 학교를 그만두었던 것입니다. 쉽게 미련을 버릴 수 없었던 우리들은 편지를 보낸다, 만날 자리를 마련한다 법석을 떨었습니다. 저는 주로 편지를 보냈습니다. 너무나도 선생님이 좋았지만, 좋아하는 만큼 쉽게 그 앞에 나타날 수가 없었습니다. 선생님과의 연락은 그렇게 몇 번의 편지 왕래를 끝으로 끊어졌습니다.

선생님을 다시 만난 건 영화 〈내 마음의 풍금〉 속에서였습니다. 선생님 말씀 한마디 한마디에 얼굴 가득 피워 올리던 홍연의 미소는 고교시절

선생님! 사랑해요.

나의 그것과 다르지 않았습니다. 선생님 앞에만 서면 한없이 초라해지려는 마음, 그 모습 그대로 충분히 어여쁜데도 굳이 어떻게든 꾸며보고 싶어하던 안타까움까지.

소풍을 가면서도 홍연은 선생님의 도시락을 특별히 준비하고 싶었습니다. 어머니가 투박하게 싸준 울퉁불퉁한 김밥가지고는 성에 차질 않았습니다. 홍연이는 용감하기도 하지요? 아예 씨암탉을 산 채로 보자기에 싸서 소풍길에 나섭니다. 결국 씨암탉 때문에 물에 빠지기도 했지만 운좋게 선생님이 구해주셨으니 그것도 나쁘지는 않았습니다.

선생님이 장난으로 팔을 꼬집은 것도 홍연에게는 특별한 사건이었습니다. 보름달을 보며 그녀는 달콤한 상상에 빠집니다. 선생님이 내 팔을 꼬집은 것은 무슨 의미일까? 왜 그러셨을까? 선생님이 매일매일 검사하는 일기장에 쓴 그녀의 '팔 접촉 사건'은 그야말로 신선했습니다. 누군지도 모르고 장난친 선생님에게는 귀여운 고백일 뿐이었지만요.

그런 홍연에게 연적이 등장합니다. 조신하고 아름다운 음악 선생님! 홍연은 자신의 사랑이 다른 사람을 사랑할 때 그저 눈물을 흘리고 있지만은 않았습니다. 음악 선생님의 신발을 훔치고 일기장을 통해 그녀에 대한 험담을 고해 바칩니다. 홍연의 깜찍한 공격은 무위로 돌아갔지만 음악 선생님은 다행히 결혼으로 인해 학교를 떠나게 됩니다. 이제 온전히 둘만 남게 되었군요. 엔딩 크레디트에 나오는 흑백사진을 보니 어린 홍연이가 선생님의 마음을 차지하는 데 성공을 했더군요. 선생님과 함께 찍은 결혼사진, 그리고 아이들과 찍은 가족사진을 보니 흐뭇했습니다. 선생님을 사랑하며 예쁘게 살아가는 그녀의 모습이 떠올랐습니다.

  마음속 저의 영화도 마지막 부분에 이르렀습니다. 특이하게도 저의 영화는 〈TV는 사랑을 싣고〉로 완결되었습니다. 녹화장에서 두근대는 마음으로 선생님 하고 외치자 정말 거기에 선생님이 계셨습니다. 저를 절망에 빠트렸던 '우리 그녀'와 결혼에 성공하셨고 아이들도 있다고 하셨습니다. 대학 강단에서 학생들을 가르치고 계시더군요. 우리를 아찔하게 만들었던 그 시원한 미소도 여전히 간직하고 계셨습니다.
  선생님을 다시 만나니 반가웠습니다. 선생님을 통해 그때의 마음이 그대로 되살아나는 것 같아 기뻤습니다. 그리고 그 어린시절의 원초적인 모습과 그동안 제가 잃어버린 것들을 마주할 수 있어 좋았습니다.

기억을 믿으시나요?

마음을 고백했습니다. 사랑한다고 얘기한 건 아니었지만 그는 "그렇구나, 그렇구나" 하며 고개를 끄덕였습니다. 대학생들끼리 만나는 연합 동아리에서 엠티를 간 날이었습니다. 늦은 귀가를 끔찍하게 싫어하는 아버지 때문에 모임이 있을 때마다 언제나 중간에 빠져나오곤 했었지만, 그날은 예외였습니다. 큰맘 먹고 평소의 아쉬움을 풀어보겠다고 작정했습니다.

제법 분위기가 무르익었을 때쯤, 우리는 진실게임을 했습니다. 지금도 그런 게임을 하는 젊은이들이 있을지 의문스럽지만, 그때만 해도 대학생들끼리 어울려 하룻밤 판을 벌이면 빠지지 않고 등장하는 프로그램이었습니다. 자연히 그맘때 아이들의 최대 관심사, "마음에 둔 사람이 있느냐?"에 질문이 집중됐지만, 나는 끝내 누구인지를 밝히지는 않았던 것같습니다. 그저 우리 모임 안에 있다는 정도만 내비치고 곤혹스러운 시

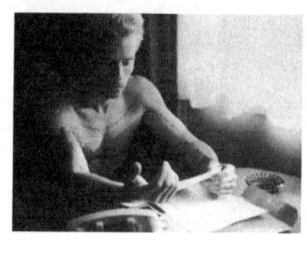

메멘토

감독 크리스토퍼 놀란
주연 가이 피어스, 스티븐 토보로우스키
장르 미스터리, 스릴러
제작 2000년 미국

간을 넘겼습니다.

시간이 흐르면서 점점 깨어 있는 사람들이 줄어들었습니다. 잠깐 바람이라도 쐬려고 방을 나섰는데, 그가 따라나왔습니다. 개울물 흐르는 소리가 유난히 크게 들렸습니다. 대놓고 사랑한다고 말한 적은 없었지만, 서로의 마음은 그도 알고, 나도 알고, 심지어 눈치 빠른 몇몇 회원들도 감지하고 있을 정도였습니다. 얘기는 오랫동안 여기저기를 빙빙 돌아다니고 있었습니다. 그러다 마침내 그가 물었습니다. "누구, 좋아하는 사람 있어?" 솔직하게 그리고 대답했습니다.

그가 특별히 잘생겼다거나 키가 커서 눈에 띈 것은 아니었습니다. 오히려 너무 말라서 왜소해 보이는 체격에 평범한 외모였지만, 그는 따뜻한 마음의 소유자였습니다. 상대방의 마음을 충분히 헤아릴 줄 알았고 기꺼이 상대방의 고민에 귀기울여 주고 함께 아파했습니다. 모임은 그에 의해 주도되었고 그와 함께하는 시간은 뜻깊고 즐거웠습니다. 술자리에서도 그의 옆자리는 언제나 북적였습니다. 용기내어 그의 옆자리에 앉은 적은 없지만 눈길은 그에게로 향해 있었습니다. 후배들에게 아낌없이 퍼주는 선배, 사람을 귀하게 여길 줄 아는 사람이었습니다. 모두들 그를 좋아하고 잘 따랐습니다

문제는 나뿐만 아니라 내 친구도 그를 좋아하고 있었다는 것입니다. 친구와의 우정 때문에 조심스러웠습니다. 그런 고민까지 그에게 털어놨습니다. 마음이 후련했습니다. 혼자서 끙끙 앓는 것보다는 백 배나 나았습니다. 그의 마음속에도 제가 있음을 확인할 수 있었으니 더 바랄 게 없었습니다.

그해 여름엔 유난히 모임이 많았습니다. 농촌 봉사활동이니 세미나니 해서 이런저런 소모임들이 끊이지 않고 계속됐습니다. 둘이 호젓하게 따로 만날 시간은 없었지만, 거의 매일 얼굴을 마주 대할 수 있었습니다. 잠깐씩 마주치는 눈길이 한없이 따뜻했습니다.

그런데 언제부터인지 이상한 소문이 돌기 시작했습니다. 그와 내 친구 사이가 심상치 않다는 얘기였습니다. 마음속에서 '그럴 리가 없는데' 와 '그럴지도 몰라' 가 치열한 다툼을 벌이기 시작했습니다. 대놓고 물어보기에는 자존심이 용납지 않았습니다. 마치 아무 것도 모르는 듯, 아무 얘기도 들은 적이 없는 듯 함께 영화를 보러 다니고, 고민을 털어놓고 조언을 구하기도 했지만, 마음은 타는 듯 괴로웠습니다. 눈 딱 감고 전화를 걸었다가도 차마 입이 떨어지지 않아 쓸데없는 얘기만 늘어놓곤

했습니다.

고민 끝에 찾아낸 묘수는 그 소문의 주인공인 내 친구에게 물어보는 것이었습니다. 그리고 그 묘수는 돌이킬 수 없는 악수가 됐습니다. 소문은 사실이었고, 둘의 관계는 상당히 진전된 상태였습니다. 어떻게 그럴 수가 있단 말인가. 그에게 전화를 걸었습니다. 마음에 난 상처에선 출혈이 계속됐지만, 예의 자존심과 친구의 말이 거짓이길 바라는 마음이 한없이 망가지는 걸 막아주었습니다. 아무 상관도 없는 얘기로 무려 한 시간 정도를 끈 뒤에 본론을 꺼냈습니다.

그는 당황하고 있었습니다. 변명인지 진실인지 알 수 없지만, 그는 그날 밤 내 얘기를 엉뚱하게 기억하고 있었습니다. "좋아하기는 하지만 특별한 만남을 시작하기는 어렵다"고 해놓고서 이제 와서 무슨 말이냐고 되물었습니다. 그게 아니라면 무엇 때문에 새로운 만남을 시작했겠느냐고. 하지만 이미 상황은 돌이킬 수 없게 됐다고 했습니다.

한 날, 한 장소에서 같은 얘기를 나누고도 전혀 다른 기억을 가질 수 있는 걸까요? 그리고 그렇게 일치하지 않는 기억 때문에 두 사람의 길이 이렇게 달라져도 좋은 건가요?

그 뒤에 일어난 일에 대해서는 아무 말도 하고 싶지 않습니다. 가까운 친구와 그가 쌓아가는 사랑을 고스란히 지켜보는 아픔이 고문에 가까웠다고만 해두죠.

10년 전의 나.
어디서 무얼 하다 다리를 다쳤을까?

영화 〈메멘토〉를 보면, 과거에 대한 기억을 자기 나름대로 가공하여 간직하는 일은 저만의 문제, 희귀한 사건도 아닌가봅니다. 주인공 레니에게 기억은 어떤 의미일까요?

레니는 기억손실증 환자입니다. 10분 단위로 기억상실이 반복되는 증상이죠. 똑딱똑딱 10분이 지나고 나면 그에게 세상은 낯설고 사람들은 새로워집니다. 함께 대화를 나누다가도 10분이 지나고 나면 자기가 왜 그 자리에 있는지 앞에 앉은 사람의 이름은 무엇이었는지조차 기억하지 못합니다. 아내를 강간하고 살해한 범인을 쫓고 있는 그에게는 주변인 모두가 용의자지만 조각난 기억으로 진범을 찾기란 불가능한 노릇입니다. 단편적인 기억과 메모, 문신에 기대어 살인범을 쫓지만 연결고리가 끊어진 기억은 오히려 사실을 왜곡합니다.

결국 사건의 전모는 밝혀집니다. 그 자신이 사랑하는 아내를 죽음으로 몰고 갔다는 것, 그리고 그 상황을 담아둘 수 없어진 그가 스스로의 기억을 차단시키는 방어 본능을 발휘했다는 것. 게다가 그는 단순히 기억을 없애버린 것이 아니라 잘못된 연결고리로 사실과는 동떨어진 새로운 사건으로 만들어내고, 아내를 죽인 범인을 찾아 쫓고 쫓기는 추적극을 벌인 것입니다.

그의 기억을 따라가기도 어려웠고 그의 기억이 어디서부터 어디까지 잘못되었는지 알아차리기도 힘들었습니다. 자의적인 기억이란 조금씩은 그런 면이 있지요. 자신에게는 완벽하지만 허점투성이고 왜곡돼 있을 가능성이 많습니다.

레니의 기억손실증과 저의 부분적인 망각은 정도의 차이가 있을 뿐 동일한 연장선 위에 있습니다. 억울하고 불쾌했던 기억을 재빨리 지워버리고 싶은 마음이 불러온 증상들인지도 모릅니다. 일종의 자기 보호본능이

사진 속의 나는 언제나
웃고 있다. 그 시절의 고민은
뒤로 감추고.

라고나 할까요? 모든 기억은 자신에게 유리하도록 가공되는 게 아닐까요? 그렇다면 이런 자기 중심적인 경향에 오염되지 않은 기억, 절대 진실은 어디에 존재하는 걸까요? 자신의 기억을 어디까지 신뢰해야 할까요?

기억 속의 '그' 덕택에 내 기억을 의심하는 법을 배웠습니다.

사랑의 기쁨, 사랑의 슬픔

　바쁘게 사느라 그럴 틈이 없을 것 같은데도 이런저런 소문들을 얻어듣게 됩니다. 그녀의 이혼에 관한 기이한(?) 소문도 그 가운데 하나였습니다. 내용은 이렇습니다. 마침내 그녀는 그를 얻기 위해 이혼하기로 결심했습니다. 혼자 방을 얻고 간소한 살림을 마련하여 독립했습니다. 불타는 사랑을 나누는 관계는 아니었지만, 친구처럼 오붓이 지내던 남편을 지난 날, 지난 집, 지난 살림과 함께 두고 나왔습니다. 계획을 알렸을 때 모든 사람들이 그녀를 말렸습니다. 사회적 지탄을 이야기하고, 경제적인 손실을 이야기하고, 도덕적인 가치를 이야기하고, 한국사회에서 이혼 여성이 겪는 불이익을 이야기했습니다. 하지만 그녀는 요지부동이었습니다.

　아무도 그녀를 이해하지 못했습니다. 아니 이해하지 않았습니다. 그녀는 개의치 않았습니다. 단 한 사람의 이해만 얻을 수 있으면 그뿐이었습니다. 어떠한 비난이나 불이익도 다 감수할 용의가 있었습니다. 그녀로 하여금 위험한 모험을 감행하게 만든 그는 평범한 남자였습니다. 어디서 나 흔히 볼 수 있는 그 나이대의 아저씨였습니다. 어떤 매력이 숨겨져 있 는지는 둘만의 문제겠죠. 그녀의 말에 따르면 착하기도 하고 바르기도 해서 불의를 보면 참지 못하는 나이든 열혈 청년이라고 합니다. 의외로 섬세한 면도 있어 그는 그녀의 감정을 잘 이해하고 포용해 주었습니다. 그녀는 그런 그를 굳게 믿었습니다.

그러나 서로의 가정을 정리하고 다시 만나기로 한 약속은 깨졌습니다. 그에게는 자식이 있었고 함께 모시고 사는 어머니가 있었습니다. 그녀와 함께 있다가도 아이기 아프다는 전화가 오면 집으로 돌아가곤 했습니다. 한없이 미안한 표정을 지어보였지만, 붙잡아 앉힐 수 있을 정도는 아니 었습니다. 그는 그녀에게 조금만 더 기다려달라고 했습니다.

그의 부인은 남편에게 다른 여자가 있다는 것을 알게 된 뒤에도 그를 놓아주지 않았습니다. 주위 사람들을 총동원해서 그를 돌이키려 애썼습 니다. 마음 약한 그는 이러지도 저러지도 못하고 휘청거렸습니다. 단호

파리의 실낙원
감독 브리짓 뤼앙
주연 브리짓 뤼앙, 닐스 따바르니에
장르 드라마
제작 1997년 프랑스

한 결정을 내리기에는 너무나 착한 사람이었을 수도 있고, 그녀보다는 사랑의 열도가 낮았을 수도 있습니다. 아무튼 약속은 깨져버렸습니다.

사람들은 그녀에게 남편과의 재결합을 권했습니다. 그러나 상황이 바뀌었다고 사랑하지도 않는 전남편에게 돌아갈 수는 없었습니다. 조금만 더 기다려보자고 그녀는 자신을 설득합니다. 힘겨운 상황을 견뎌내면 그도 돌아올 거야……. 하지만 그는 돌아오지 않았습니다. 결국 관계는 정리됐고 모든 짐은 그녀 혼자 감내해야 했습니다. 약속을 어긴 그에 대한 야속함이 밀려들지만 그것까지도 자신의 몫이라고 스스로를 달래면서. 지금 그녀는 혼자만의 삶을 살아가고 있습니다.

스캔들의 진위야 확인할 길 없지만 얘기 끝에는 항상 도덕적인 비난이 꼬리표처럼 따라다닙니다. 소문을 전해준 친구도 그녀의 앞섶에 주홍글씨를 달아주기에 주저함이 없습니다.

여자이기 때문에 더 슬퍼할
이유는 없습니다.

영화 〈파리의 실낙원〉을 보셨습니까? 주인공 디안은 성공한 커리어 우먼의 모습으로 등장합니다. 사회적으로 인정을 받으며 명망 있는 남편과 교육 잘 받은 아이들에 둘러싸인, 모든 것을 다 갖춘 여성입니다. 부족할 것 없이 살던 디안 앞에 에밀리오가 나타납니다. 그는 걷잡을 수 없는 열정을 가진 청춘의 표상과도 같습니다. 그의 부드럽고 까만 머릿결, 이국적인 얼굴, 촉촉한 눈빛, 탄탄한 가슴까지 그녀를 매혹시킵니다. 비교적 이성적이고 조용한 감성을 가진 남편과는 달리 에밀리오는 도발적인 즉흥성과 젊음의 우울함을 지니고 있는 청년이었습니다. 가난하지만 밤새워 사랑할 수 있는 열정도 가지고 있습니다.

왜, 무엇 때문인지는 분명치 않지만 디안은 에밀리오에게 완전히 매료됩니다. 그를 사랑하는 일 외에는 아무 것도 할 수 없었습니다. 그러고는 뇌수가 녹아버릴 정도의 섹스에 빠져듭니다. 다른 모든 것은 눈에 들어오지 않습니다. 남편, 아이, 일, 다른 사람의 시선을 신경쓸 겨를조차 없습니다. 그를 보지 않으면 숨조차 제대로 쉬어지지 않습니다. 크리스마스 휴가 때마저 그녀는 가족들에게 거짓말을 하고는 에밀리오를 찾습니다. 남편이 조금씩 눈치를 채고 의심의 눈길을 보내지만 디안은 개의치 않습니다. 일찍이 경험해보지 못했던 감정으로 그녀의 인생은 타오르고 있었습니다.

그러나 불꽃은 돌연히 찬물을 뒤집어쓥니다. 에밀리오가 떠나버린 것입니다. 그는 그녀를 싫증난 장난감처럼 버렸습니다. 그에게는 그저 장난이었는지 모르지만 디안에게는 생의 전부를 건 도박이었습니다. 그런데도 에밀리오는 뒤 한번 돌아보지 않고 사라집니다. '그것이 인생'이라는 시니컬한 대꾸가 디안에게 남겨진 전부입니다.

이 영화의 원제가 '섹스가 끝난 후 동물은 슬프다'라던가요? 떠나간 젊은 애인을 원망하면서 디안은 자신의 나신을 거울에 비춰봅니다. '내가 아직도 매력적일까? (……) 난 한물갔어.' 남편도, 아이들도 다 그녀의 곁을 떠납니다. 하지만 에밀리오의 부재로 공황상태에 빠진 그녀에게는 더이상의 슬픔을 느낄 겨를도 없습니다.

비난받아 마땅한 조건을 모두 갖추고 있기는 하지만, 디안을 비난하고 싶지는 않았습니다. 재산, 명예, 가정, 안락함, 보장된 미래, 그 모든 것을 다 털어 바치고라도 한 인간의 사랑을 얻고 싶어하는 디안을 무작정 도덕률로 재단할 수는 없었습니다. 대가를 치르지 않고 얻을 수 있는 사랑이란 없습니다. 디안이 에밀리오의 사랑을 얻기 위해 발버둥치는 동안 남편과 아이들에게는 깊은 상처가 생겼을 겁니다. 그들의 삶이 송두리째 망가졌을 수도 있습니다. 하지만 그 얘기는 디안의 사랑 얘기와는 다른 얘깁니다. 이 영화에서 감독은 디안 얘기만 하고 그쪽 얘기는 다음으로 미뤄두고 있습니다.

제 마음 속에는 당신의
쉴 공간이 늘 마련되어 있습니다.

　마지막 장면에서 그녀는 절벽에서 몸을 던집니다. 끝내는 자살했군, 싶었는데 다시 물 위로 떠오르더군요. 과연 그녀는 아무 일 없었다는 듯이 예전처럼 돌아갈 수 있을까요? 에밀리오를 사랑하는 디안을 물 속에 묻고 새로운 디안으로 부활할 수 있을까요?

　소문 속의 그녀에게 한참을 다가가지 못했습니다. 세상의 비난을 감수하고서라도 우선 살아남기 위해서 그녀는 마음의 날을 세우며 자신을 보호하는 방호벽을 높이 구축하고 있었습니다. 소문이 사실이라고 해도 저는 그녀와 같은 쪽을 바라보고 싶었습니다만, 이런 마음을 받아들일 여지조차 그녀에겐 남아 있지 않았습니다. 당분간은 수신거부 도장이 찍힐 게 틀림없는 마음의 초대장 한 통만 남겨두고 돌아 나왔습니다.
　"그냥 제 울타리 안에서 쉬세요. 거기서만은 아무 일 없었던 것처럼 지냅시다."

혹시, 사랑하세요?

현이가 죽었습니다.

유난히 춥게 느껴졌던 10년 전 겨울 어느 날 투신했습니다. 옷은 따뜻하게 입고 갔을까? 아무도 그 애가 왜 죽었는지 모릅니다. 오랜만에 꺼내본 사진 속에서 그 애는 환하게 웃고 있습니다. 실은 늘 우울한 표정이어서 가끔씩 내비치는 미소가 더 마음속까지 파고들었었는데. 10여 년 전 사진 속에서는 그 아이도, 나도, 주변의 풍경까지도 풋풋하고 싱그러워 보였습니다. 사진은 언제나 그렇죠. 그다지 행복하지 않았을 때라도, 그 사진을 보며 과거를 추억할 때를 미리 염려해서인지 찬란하고 과장되게 웃고 있습니다.

현희는 좀 특별한 아이였습니다. 제일 가까운 언니와도 나이 차이가 스무 살이나 났죠. 현이가 태어나던 해 언니가 시집을 갔는데, 처녀가 애를 낳고 시집을 갔다는 소문이 났다며 쑥스러운 듯 비밀스럽게 얘기해줬습니다. 나이 차이가 많이 나는 형제들 탓인지 현이는 동년배로서는 가질 수 없는 어른스러움을 가지고 있었습니다. 뭔지 모를 어두운 가족사를 가진 아이 같았습니다. 밝고 재미있는 사람이 편하기야 하지만 비극적인 분위기를 가진 사람 역시 피하기 힘든 묘한 매력이 있게 마련 아닌가요. 그맘때는 더더욱 그런 분위기를 동경했습니다.

우리의 주무대는 인사동 골목이었습니다. 지금이야 어깨를 부딪치지 않고는 걸어갈 수 없을 정도로 번잡한 곳이 되었지만, 10년 전에는 깨끗하고 한적한 거리였습니다. 미술을 전공한 그 애는 화랑을 즐겨 찾았습니다. "아름다움은 그저 자기 방식대로 느끼면 되는 거야. 아무런 격식이나 공부가 필요하지 않아." 미술에 대해서는 세내로 아는 게 하나도 없었지만 저는 그 애와 함께 다닌다는 사실만으로도 충분히 즐거웠습니다.

워낙 말이 없는지라 어쩌다 한마디 툭 던지면 그 임팩트가 강렬해서 쉽게 잊혀지질 않았습니다. "난 사랑하는 사람이 생기면 그 사람 발을 매일이라도 닦아주고 싶어"라던 그 아이의 사랑론이 지금껏 생생한 것도 그 때문입니다. 사랑에 빠지면 충분히 그러고도 남을 아이였습니다. 암

사랑한다면 이들처럼
감독 파트리스 르콩트
주연 안나 갈리에나, 장 로슈포르
장르 로맨스
제작 1990년 프랑스

추운 겨울, 그녀가 떠났습니다.

전히 있다가도 멀리서 다가오는 남자친구에게 달려가 안긴다든지, 보고 싶다며 집 앞에서 전화를 한다든지, 그런 게 하나도 부담스럽거나 어색해 보이지 않는 그런 아이였지요. 지금도 인사동에 가면 그 애 생각이 납니다. 아니, 생활에 쫓겨 만나지 못하는 친구들보다 오히려 더 가까운 곳에 있음을 느낍니다. 그런 의미에서 우리의 우정은 현재진행형입니다

마틸드가 죽었습니다.

아무 일도 없는 평화로운 날이었습니다. 가게문을 일찍 닫고, 사랑을 나누고, 그리고 그녀는 비가 쏟아지는 거리로 뛰쳐나갔습니다. 예의 그 슬픈 듯한 미소를 마지막으로 홀연히 사라져버렸습니다. "내 생애 절정에서 죽습니다. 날 잊지 못하도록 지금 떠납니다." 다리 위에서 망설임 없이 강물로 뛰어든 마틸드의 마지막 메시지입니다. 가장 사랑하는 사람이 영원히 기억할 만한 그 순간에 죽음을 택한 것입니다. 절묘한 타이밍. 남은 이로서는 그녀가 돌아오기를 기다리는 수밖에 없습니다. 여전히 가게문을 열고 손님을 받고 미용사가 곧 올 거라며 마틸드가 서 있던 그 자

리를 그윽한 시선으로 응시하는 시간의 연속. 물론 아무도 오지 않지만, 그는 내내 마틸드와 함께합니다. 애끓는 통곡이나 비탄 없이도 마음이 묵직해졌습니다. 연인의 마음과 추억 속에 그녀가 생존하므로 그들의 사랑도 여전히 진행형입니다.

마틸드 또한 특별한 여자였습니다. 동네 이발소에서 묵묵히 머리를 자르고 있는 그녀의 자태에선 어떤 둔중함이 느껴집니다. 손님의 머리칼을 잘라내는 그녀의 행위가 마치 마음속 깊은 곳에 자리한 외로움을 끊어내려는 것처럼 느껴졌습니다. 그녀는 좀처럼 말을 하지 않습니다. 오로지 사각거리는 가위소리가 그녀의 이야기를 대신합니다.

마틸드는 앙투안과의 첫번째 만남에서 청혼을 받고 두번째 만남에서는 그 청혼을 받아들입니다. 그리고 인생의 밝은 면만 보기로 결정한 사람처럼 아무것도 문제삼지 않았습니다. 그들에게는 주변의 아무것도 중요하지 않았습니다. 서로에게 의미있는 것은 오직 두 사람뿐이었습니다. 아이도 없었지만 두 사람은 지치지도 않고 변하지도 않았습니다. 늘 똑같은 일상이지만 그들은 자유로웠습니다. 단지 마음에 걸리는 것이라면 그녀의 한마디, "내게 싫증나면 말해주세요." 마틸드도 그가 자신을 권태롭게 느끼는 순간이 올까봐 두려웠던 걸까요? 오히려 믿음의 표현처럼 느껴졌습니다.

파트리스 르콩트 감독의 〈사랑한다면 이들처럼〉은 저에게 사랑에 대해 물어옵니다. 마틸드가 들려주는 사랑은 한결같음이죠. 마틸드에게서 현이를 찾아낼 수 있는 것도 바로 그 때문이었습니다. 손에 잡히지도 않고 곁에 존재하지도 않지만 언제나 그 자리를 지키고 있는 현이.

저를 둘러싼 공간과 시간은 시시각각 변합니다. 그 속에서 저 또한 변해가지요. 한없이 사랑스러워 보이던 눈웃음이 야비하게 보이기도 하고, 관조적인 생활태도가 능력없어 보이기도 합니다. 후끈 달아올랐다가도 쉽게 식어버리고, 영원하리라고 믿었던 것도 어김없이 배신하고 상처를 줍니다.

그러나 그들은 흔들리지 않습니다. 너그럽고 여유있게 저를 감싸주고 있습니다. 늘 변함없는 모습으로……. 저도 세상의 한 사람에게만은 그런 의리를 지켜주고 싶습니다. 마틸드처럼. 그를 알아볼 수 있다면 현이처럼 그의 발이라도 씻어줄 수 있을 것 같습니다. 그 여정을 함께할 사람을 저는 지금도 여전히 기다리고 있습니다.

인생은 예측불허

　혹시 '칼네아데스의 판자'에 대해 들어보셨습니까? 얘기는 기원전 2세기경으로 거슬러 올라갑니다. 그리스를 출발하여 어디론가 항해하던 배가 풍랑에 휘말려 가라앉고 말았습니다. 승객들이오? 그 망망대해, 너른 바다 한가운데서 목숨을 건진다는 게 어디 가능한 일이겠습니까. 물에 빠져 허우적거리다가 하나 둘씩 깊고 푸른 바닷속으로 잠겨갔겠지요.

　극한 상황에서 신이 허락한 희망의 손길은 야박하기만 했습니다. 물에 빠져 허우적거리던 조난자들 눈에 겨우 한 사람 몸을 의지할 정도의 판자가 들어왔던 것입니다. 다들 그 나무 판자를 잡기 위해 아우성을 쳤습니다. 그리고 한 남자가 간신히 그 판자를 잡았습니다. 하지만 상상해보십시오. 나른 쪽에서 맹렬히 돌진하는 또 다른 사람이 있지 않았을까요? 죽어가는 사람들의 손아귀에는 무서운 힘이 흘러 넘쳤습니다. 누가 그 입장이 된다고 해도 마찬가지였을 겁니다.

데미지

감독 루이 말
주연 제레미 아이언스, 줄리엣 비노쉬
장르 드라마
제작 1992년 영국·프랑스

먼저 판자를 잡은 사람은 생각했겠지요. 이 판자에 너나없이 매달리면 모두 가라앉아 버리고 말 거라고. 당연히 남자는 있는 힘을 다해 다른 사람들을 밀쳐버렸습니다. 결국 살아남은 사람은 그 혼자뿐이었습니다. 그렇게 구조된 사내는 이 일로 재판에까지 회부되었지만 벌을 받지는 않았다고 전해집니다. 조난자들이 붙잡으려고 끝까지 안간힘을 썼던 판자에는 살아남은 이의 이름을 따서 '칼네아데스의 판자'라는 별명이 붙었습니다.

혹시 영화 〈데미지〉를 보셨습니까? 아버지와 아들 사이에 한 여인이 있었습니다. 아니, 말이 틀렸습니다. 두 남자 사이에 한 여자가 있었다는 쪽이 더 사실에 가까울지도 모릅니다. 검은 하이힐, 검은 스타킹, 검은 머리카락의 안나. 언제나 신비한 분위기가 온몸을 감싸고 있는 여인이었습니다.

아버지의 삶은 나무랄 데 없이 완벽했습니다. 자신은 사람들로부터 존경받는 고위 관리였고, 곁에는 우아하고 현숙한 부인이 있었습니다. 신문기자로 열심히 뛰고 있는 아들과 제멋대로이긴 하지만 귀여운 딸을 두었으니 가정적으로도 뭐 하나 빠지는 게 없습니다. 승승장구, 거침없이 질주하던 그에게 질투란 낯선 감정이었습니다. 적어도 안나가 나타나기 전까지는 말입니다.

아들과 함께 나타난 안나는 아버지의 삶을 송두리째 뒤흔들기 시작합니다. 안나는 아들과 아버지를 동시에 소유하려 합니다. 아들과 결혼을 약속하면서도 아버지를 놓아주지 않습니다. 아버지와 아들, 양쪽의 사랑이 공존해야 한다는 그녀의 법칙은 모두를 혼란에 빠뜨립니다.

누구 하나 갈등을 겪지 않는 인물이 없지만 농도로 보자면 아버지의 갈등을 으뜸으로 꼽아야 할 것 같습니다. 아들이 안나를 연인으로 소개할 때의 눈빛을 보십시오. 아들을 보는 눈길에는 경쟁자의 살기까지 엿보였고 안나를 보는 눈길에는 당황스러움과 더불어 끓어오르는 질투심

검은 하이힐, 검은 장갑,
검은 드레스. 안나 흉내내기.

이 담겨 있었습니다. 밤새도록 달리고 달려 주말여행을 떠난 안나와 아들을 찾아내는 집요함. 호텔 방에 있는 안나를 불러내고 나서야 겨우 깊은 한숨을 내쉬는 그의 몸에는 나쁜 피가 흘러내리고 있었습니다. 늙은 남자의 적개심. 한 여자 앞에서 발가벗은 남자 대 남자로 아들과 대결을 벌이는 그는 한없이 초라해질 수밖에 없었습니다. 아버지로서의 모습보다는 한 여자를 사랑하는 남자로서의 집착이 그를 지배합니다.

　아무튼 이제 아들을 끔찍이 사랑하는 전형적인 아버지상은 모두 무너져버렸습니다. 아들과 아버지 사이에는 사랑과 존경이라는 보편적, 당위적 구도 대신 같은 목표를 두고 다툼을 벌이는 경쟁과 대결 구도가 자리를 잡았습니다. 결과는 비극적이라기보다 파멸적입니다. 아버지와 안나의 정사 장면을 보고 놀란 아들 막스는 5층 난간 아래로 떨어져 숨을 거두고 맙니다. 놀란 아버지는 미치광이처럼 계단을 달려 내려갑니다. 바닥에서 5층까지 높아졌던 사랑의 감각, 그 환상의 계단을 이제는 되짚어 현실의 세계로 돌아옵니다. 마침내 아들의 시신을 품에 안는 순간, 아버지의 현실 복귀는 완성됩니다. 자신이 무엇을 얻고 잃어버렸는지, 지금

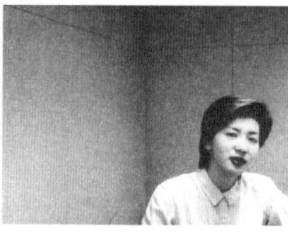

〈FM대행진〉 스튜디오.
내가 사랑하는 공간이자
인생에 대해 고민하는 공간.

서 있는 곳이 어디인지 확연히, 그러나 아프게 깨닫습니다.

칼네아데스의 판자 얘길 하다가 난데없이 영화 〈데미지〉 얘길 해서 놀라셨습니까? 아버지와 아들이 한 여자를 놓고 맹렬하게 돌진하는 모습과 한 조각 판자를 향하여 무섭게 헤엄쳐가는 조난자들의 처지는 여러 면에서 닮은꼴입니다. 생명을 놓고 경쟁했던 조난자들과 사랑을, 그것도 사회적 통념을 무시한 사랑을 놓고 앞을 다퉜던 부자를 닮았다고 생각하는 게 무리라고 생각하십니까? 망망대해에서 허우적거리고 있을 때 상대방과 거의 같은 위치에, 생명 줄인 바로 그 판자가 있다면 어떤 행동을 취하시겠습니까? 이것저것 다 따져본 다음 이치에 맞게 포기할 수 있을까요? 저라면 본능적으로 그 판자를 향해 있는 힘껏 헤엄쳐 가겠습니다. 차후에 이기적이라는 비판을 듣거나 도리에 어긋난다는 이야기를 듣는다고 해도 우선은 판자를 잡아 살아남고 싶습니다.

그런 면에서 목숨을 건 그의 사랑은 칼네아데스의 판자를 향한 집착과 본질적으로는 같은 행위입니다. 모든 걸 절제하고 성공을 위해 달려왔던 그의 마음속에 있던 무언가가 안나를 보고 펑 터져버린 것입니다. 거역할 수 없는 열정에 이끌려 결국에는 파멸하고 마는 치명적인 사랑에 빠져버린 거죠.

누구에게나 소중한 사랑은 있습니다. 그 이외에는 아무 것도 중요하지 않으며, 어떠한 대가를 치르고라도 소유하고 싶어지는 사람이 있습니다. 그것이 그 정도의 가치를 지니고 있는지는 아무도 모릅니다. 사실은 본인 자신도 모르고 있을 테니까요. 이렇게 열정은 일정 정도의 일탈과 파멸을 불러옵니다. 그 정도의 대가는 치러야 얻을 수 있는 게 그 뜨거움입니다.

과연 제가 잡으려고 하는 판자는 어떤 것일까요? 어떤 판자를 붙잡게 되든 오직 저에게만 허락되는 판자이기를, 제가 잡은 판자에 다른 사람이 뛰어들지 않기를 기원합니다.

하지만 인생은 예측 불허입니다.

2

아직 하고 싶은 게 많아요

우선은 부자였으면 좋겠습니다. 천박해 보이세요? 그래도 지갑이 언제나 두둑했으면 좋겠습니다. 아직 그래보질 못해서 정확히 알 수는 없습니다만, 우선 행동이 자유로워질 것 같습니다. 눈치보지 않고, 씀씀이에 따라 마음도 넉넉해질 듯싶고. 이것 하다가 안되면 저것 할 수도 있고 일이 막힐 때마다 상황을 유리하게 반전시키는 힘도 생기겠죠. 아하, 방송국을 아예 통째로 사버릴 수도 있겠군요.

좀더 잔꾀를 부려볼까요? 프로그램을 진행하다 보면 책을 소개하는 경우가 있는데, 그걸 베스트셀러로 만드는 겁니다. 은행에 지천으로 쌓아둔 돈을 조금 풀어서 서점에 깔린 책을 모조리 사들이는 거죠. 황정민이 진행하는 프로그램에 소개만 되면 베스트셀러를 만들 수 있다는 소문이 돌면, 너도나도 책을 싸들고 몰려들겠죠? 오프라 윈프리도 부럽지 않겠어요. 선량하지 못한 생각이고 위법이라고요? 이런, 그렇군요.

하긴, 꼭 방송에만 목을 맬 필요도 없겠습니다. 가수도 재미있겠군요. 로고송 부르는 솜씨 아시잖아요. 한 작곡가가 저를 위해 노래를 만들어 주겠다고 할 정도였다면 믿으시겠습니까? 쇠뿔도 단김에 빼라고 했는데, 당장 이번 여름에 음반 한 장 낼까요? 정신차리라고요? 제 목소리가 그렇게 흉했던가요? 까짓 거, 안되면 말지요, 뭐. 위로하실 필요는 없습니다. 꼭 음반을 내겠다는 건 아니니까요.

기업체를 차릴 수도 있겠네요. 무작정 놀아도 구박할 사람 없을 테고. 맞아, 그런 방법도 있었군요. 왜 꼭 일을 해야만 한다고 생각했던 걸까요? 운동하러 스포츠 센터에 갔다가 영어나 일본어 학원에 들르는 일로 소일해도 좋겠습니다.

차제에 외모에도 신경을 좀 써야겠어요. 키가 좀 컸더라면 하는 아쉬움이 있었는데, 신장을 쑥 늘여주는 처치를 받으면 좋겠군요. 얼굴 생김은 누구한테 맞출까? 미셸 파이퍼나 애슐리 저드 형으로 바꾸면 그럭저럭……. 날씬한 몸매요? 두말하면 잔소리죠. 더도 덜도 말고 모델 이소라만큼만 만들 겁니다. 우와! 멋지군요. 주먹만한 얼굴에 늘씬한 몸매, 그리고 무엇이든지 할 수 있는 재력. 제게 반하지 않는다면 제정신이 아닐 겁니다.

제겐 실현 불가능한 이런 꿈이 데이비드에게는 현실이었습니다. 영화

바닐라 스카이

감독 카메론 크로우
주연 톰 크루즈, 페넬로페 크루즈
장르 드라마, 스릴러
제작 2002년 미국

〈바닐라 스카이〉의 주인공 데이비드 말입니다. 그는 아버지의 후광으로 이미 출판업계의 귀공자로 군림하고 있습니다(우리와 달라서 그 나라 출판업계는 대단한 수익을 올릴 수 있는 모양입니다). 게다가 멋진 몸매에 매력적인 얼굴까지 갖췄습니다. 단 한번의 눈웃음으로 여자들을 녹여버릴 수도 있습니다. 원한다면 누구라도 자기 것으로 만들어버릴 수 있고 싫증나면 가치없이 버리면 그만입니다.

그런 그에게 결핍의 느낌이 생기기 시작한 건 친구 짐이 데려온 여인, 소피아를 보면서부터입니다. 데이비드는 친구의 여자를 향해 소유욕, 또는 진실한 사랑을 불태우기 시작합니다. 그에게는 주변에 대한 배려라는 게 없습니다. 소피아만 차지할 수 있다면 짐과의 우정, 그리고 옛날 애인 정도야 무시할 수 있습니다. 언제나 그러했듯이 이번에도 모든 일은 순조롭게 풀려갑니다. 소피아와 하룻밤을 보내며 데이비드는 행복감의 절정을 맛보았습니다. 적어도 옛 애인의 복수극을 눈치채기 전까지는 말입니다.

참혹한 복수극이었습니다. 버림받았음을 알게 된 줄리는 데이비드를

예쁘게 꽃단장하고
자신있게 미~소.

용서할 수 없었습니다. 놓치고 싶지 않은 보물이기에 상실감은 복수심으로 쉽게 이어졌습니다. 복수할 수만 있다면 목숨도 아깝지 않다는 줄리의 증오는 영원히 놓치고 싶지 않다는 애착의 다른 표현이었는지도 모릅니다. 동반자살의 시도는 실패했습니다. 줄리는 죽고, 데이비드는 살았습니다. 여기서 '살았다' 는 것은 생물학적으로 목숨을 이어갈 수 있게 됐다는 말입니다. 물론 사고 기능을 포함한 얘깁니다. 이 경우에도 불행 중 다행이란 말을 쓸 수 있는 걸까요? 데이비드는 아니라고 말합니다. 자랑스럽던 얼굴은 처참히 뭉개졌습니다. 엄청난 비용을 쏟아 부어가며 몇번이고 성형수술을 되풀이하지만, 지난날의 아름다운 얼굴은 돌아오지 않습니다.

  실제로 변한 것은 외모뿐이었습니다. 그러나 데이비드에게 외모의 변화는 인생 전체의 변화와 맞먹습니다. 어디에서나 시선을 끄는 얼굴, 그것도 이성에게 강렬한 매력을 뿜어대는 외모를 가졌던 그에게 사고로 일그러진 얼굴을 받아들이기란 죽음보다 고통스러운 일이었을 겁니다. 세상에 태어날 때부터 그에게 주어진 신의 선물이 갑자기 흉물스러운 괴물로 바뀌는 따위의 일이란 그에게는 용납될 수 없었습니다.

그가 사랑하는 자신은 남의 눈에 비쳐진 자신의 모습이었습니다. 그렇기 때문에 이제 누구라도 눈길을 피하고 싶어하는 괴물이 되어버린 지금 자신을 투영할 만한 거울이 산산조각나버린 거죠. 타인에게 자신을 평가하는 모든 주도권을 넘겨버린 그가 현재의 자신을 사랑하기란 불가능한 일이었습니다. 이제 그에게 아무도 고운 눈길을 주지 않습니다. 심지어 마음속의 또 다른 데이비드도 그를 받아들이지 않습니다. 내면의 아름다움이 잘생긴 얼굴보다 낫다는 따위의 조언은 먹혀들 여지가 없습니다. 그의 일념은 잃어버린 얼굴을 되찾는 것뿐입니다. 망가진 얼굴과 함께 평정은 사라졌습니다.

방송을 하다 보면 대단한 사람들을 적지 않게 만납니다. 너무 굉장해 보여서 '저 사람은 아무 것도 부러울 게 없겠구나' 싶은 사람이 있습니다. 10원짜리 동전 하나 갖지 못한 빈털터리가 부잣집 대문 안을 넘겨보

On Air에 불이 켜지면
없던 힘도 솟는다니까요.

지적인 앵커우먼 황정민…
저 자신도 가끔 속는답니다.

며 침을 뚝뚝 흘리듯, 넋을 잃어버리는 겁니다. 물론 겉으로야 관심 없는 척 의연합니다. 제 속마음이 어떻냐고요? 실은 요즘 부쩍 초조합니다. 날마다 쏟아지는 일이 버거워서 한숨 돌려 가고 싶습니다. 재충전 얘기가 나올 때마다 "맞아, 맞아"를 연발하고 이것저것 배워야 할 것들, 만나야 할 사람들을 꼽아봅니다. 하지만 혹시 누군가로부터 "이제 더이상 보여줄 게 없는 거 아냐?"라고 얕잡아 보일까봐 내려놓지를 못합니다. 충전을 한답시고 한두 해 훌쩍 흘려보내고 나서, 다시 오늘 이 자리로 돌아와 출발할 수 있을지 안심이 되지 않습니다. 나이가 짐이 되고, 세월이 부담스럽습니다. 잊혀질지도 모른다는 두려움이 스스로를 왜소해지게 만듭니다.

그렇다고 마냥 멈춰 있을 수도 없습니다. 이렇게 양파껍질 벗기듯 한 꺼풀씩 밑천이 드러나다 보면 소리없이 물러날 수밖에 없는 시점이 닥치겠지요. 사실 방송이라는 게 실제보다 근사해보이는 구석이 있습니다. '가진 것에 비해 과대평가됐을 수도 있다'는 의혹에서 저 역시 자유로울 수 없습니다. 조명이 꺼지고, 분장이 지워지고, 무대에서 내려왔을 때,

어떤 평가를 받게 될지 두렵습니다.

제가 사랑하는 방송은 데이비드가 전재산을 쏟아가며 되찾고 싶어하는 외모와 본질상 비슷합니다. 영원한 가치를 주장하기엔 뭔가 모자라고, 집착한다고 해서 유지되는 것도 아닙니다. 설령 재충전이 충분히 이뤄지고, 다시 이 자리에 설 수 있다고 해도 문제의 완전한 해결은 아닙니다. 나이가 많이 들면 자연히 일선에서 물러나게 마련이고, 대중들의 관심권에서도 밀려날 수밖에 없습니다. 남들의 평가에만 의존하는 생활에 길들여진 채 살다가 그런 순간을 맞는다면, 그 초라함을 어떻게 받아들여야 할지 벌써부터 마음이 서늘합니다. '열심히 하는 게 최선'임을 모르지 않습니다. 그러나 언제나 남에게 보여지고 평가받아야 하는 직업을 가진 저로서는 무척 힘든 일임을 고백합니다(인기를 먹고사는 연예인들은 얼마나 힘들까요?).

집착하지 말아야 하는데 어느새 꼭 붙들고 있는 자신을 발견합니다. 놓아주고 버리고 비워야 하는데……. 세월과 함께 빛 바랠 외모나 2,3년이면 잊혀질 방송이나 그게 전부는 아닐 텐데요. 무엇 하나 잃고 싶지 않아서 열심히 뒤도 안 돌아보고 뛰어왔는데 많은 것들이 스러져 버렸습니다. 시간이 흘러도 변하시 않는 더 귀한 것을 찾고 싶습니다. 어느 누구도 빼앗아갈 수 없고 손상되지 않는 그 무엇이 제 마음속에도 있는지 정리해봐야겠습니다.

포장과 가면 사이

　〈힘내세요 사장님〉이라는 프로그램을 진행한 적이 있습니다. 기술력과 아이디어는 있지만 자금이 모자라서 어려움을 겪는 중소기업체들을 돕는 프로그램이었습니다. 때마침 IMF 태풍이 몰아닥쳐서 견실한 기업들마저 자금 융통에 대단히 어려움을 겪고 있던 상황이었습니다. 프로그램은 중소기업 사장님들을 모셔다가 그간의 사정이 어떠했는지, 어떤 제품들을 생산해내고 있으며 회사의 투자 가치가 얼마나 높은지, 현재 어떤 어려움을 겪고 있는지 따위를 들어보는 내용으로 진행됐습니다. 전직원이 라면을 끓여 먹으며 재기의 꿈을 불태우는 장면이 나가고 이어서 반백이 다된 사장님이 나와서는 머리를 조아리며 평생의 꿈을 담은 회사를 살리는 데 함께해주십사 눈물을 흘리곤 했습니다.

　〈힘내세요 사장님〉은 출연 업체에 두 가지 방향에서 도움을 줄 수 있었습니다. 우선 방송이 진행되는 동안 ARS 전화를 통해 후원금을 모금했습니다. 시청자들이 걸어준 전화 한 통에 1,000원씩 적립되는 방식이었습니다. 방송이 시작되면 전국에서 수없이 많은 시청자들이 따뜻한 마음으로 전화를 걸어왔습니다. 이렇게 모인 후원금은 매번 수천 만원에 이르곤 했습니다. 이렇게 직접적인 지원 말고도, 신뢰도 향상이라는 간접적인 도움을 줄 수 있었습니다. 일단 방송에 나오면 신뢰도가 높아져서 부채로 인한 자금 압박이 줄어드는 등 보이지 않는 혜택이 많았습니다. 당연히 참가 신청이 쇄도했습니다. 어쩌면 그렇게 딱한 사정들이 많은지.

그러나 저에게는 정말 어려운 프로그램이었습니다. 진행자로서 무슨 특별한 기술이 필요하다든지 엄청난 공부를 해야 한다든지 해서 어려웠던 것은 아닙니다. 문제는 눈물이었습니다. 주인공들과 함께 우는 일은 어렵지 않았습니다. 일생을 현장에서 보낸 그들의 마디 굵은 손, 잔꾀부리지 않고 묵묵히 걸어온 그들의 굽은 어깨만 보아도 눈물이 솟았습니다. 얼마 동안은 방송 도중에도 무척 울었습니다. 함께 슬퍼하고 함께 즐거워하는 일에 아무런 부담을 느끼지 않았습니다.

브로드캐스트 뉴스
감독 제임스 브룩스
주연 윌리엄 허트, 앨버트 브룩스, 홀리 헌터
장르 드라마, 로맨스, 코미디
제작 1987년 미국

완전히 상대방의 입장에
설 수 있을까요?

그런데 어느 순간부터인지, 점점 자신이 가증스럽다는 생각이 들었습니다. '출연자들의 절박한 사정을 얼마나 깊이 이해하고 있다고 이러는 거지?'라는 자의식이 저를 붙들었습니다. 그들의 목마름과 안타까움을 모두 다 알고 있다는 듯 고개를 끄덕이는 게 부담스러워졌습니다. 세상에서 가장 선한 사람인 양 흘리는 제 눈물이 방송을 타고 나간다는 사실이 문득 두려워졌습니다. 〈브로드캐스트 뉴스〉에서 보았던 톰 그루닉의 눈물이 떠올랐기 때문입니다.

톰 그루닉의 눈물 한 방울은 위력적이었습니다. 성폭행당한 여성을 인터뷰하면서 그가 흘린 굵은 눈물은 장황하고 현란한 말보다 강한 힘으로 시청자들의 마음을 움직였습니다. 시의적절한 눈물 한 방울이 뉴스에 생동감을 불어넣고 메시지에 힘을 실어주었던 것입니다.

사실 톰은 유능한 인물은 아니었습니다. 풍부한 지식도 갖추지 못했고 글솜씨도 시원찮았습니다. 평범 또는 그 이하의 리포터에 지나지 않았습니다. 방송인으로서의 양심과 양식이오? 기대하지 마십시오. 그의 목표는 진실을 밝히고 전달하는 게 아니라 빨리 출세하는 데 있었습니다. 앵커가 되고 나면 돈도 대우도 지금보다는 훨씬 나아진다는 사실이 중요했습니다. 톰의 무기는 드러난 사실의 이면을 들여다볼 줄 아는 통찰력이 아니라 자신을 잘 포장하는 기술이었습니다. 방송이 시작되기 앞서 보도할 내용을 철저하게 점검하기보다는 깨끗한 와이셔츠와 세련된 넥타이로 자신을 무장하는 데 더 신경을 씁니다.

타고난 방송 감각은 인정합니다. 생방송에 들어가도 떨거나 홍분하지 않고 짧은 순간에 일목요연하게 상황을 정리해낼 줄 압니다. 아무나 할 수 없는 일종의 능력이라고 할 수 있습니다. 게다가 도움이 될 만한 사람을 자기편으로 만드는 재능은 탁월에 가깝습니다. 그는 자신의 존재를 빛나게 해줄 PD 제인을 유혹합니다. 제인은 사랑이라고 착각하지만 톰에게는 협상이고 투자입니다. '잘생기고 매력적이고 친절한' 자신을 제인에게 팔고 대신 제인의 비범한 능력을 사버리는 거지요. 거래의 대가는 부와 명예로 돌아옵니다. 뉴스의 진실성은 끼여들 여지가 없습니다. 필요하면 기꺼이 왜곡하고 한술 더 떠서 조작까지 합니다. 언제나 확신에 찬 말투와 활달한 웃음으로 대하는 그를 의심하는 사람은 없습니다. 누구인들 그 멋진 연기에 넘어가지 않겠습니까. 그는 승진에 승진을 거듭하고 마침내는 성공한 메인 앵커가 됩니다.

교과서적인 도덕률대로라면 톰의 거짓은 밝혀졌어야 했습니다. 성폭

행당한 여성을 인터뷰할 때, 안약을 넣고 눈물 장면을 다시 촬영 한 사실이 낱낱이 드러났어야 했습니다. 도움이 될 만한 위치에 있는 여성을 상습적으로 유혹하는 파렴치한 인물이며, 자기가 사는 나라가 몇 개의 주로 이루어져 있는지 국무장관의 이름이 무엇인지조차 모르는 무지한 앵커임이 폭로됐어야 했습니다. 그러나 방송은 도덕 교과서가 아니었습니다. 카메라는 그의 반반한 얼굴과 확신에 찬 손짓만을 비춰줍니다.

입사해서 처음 맡은 프로그램은 저녁 7시 뉴스였습니다. 프로그램의 공식적인 이름은 뉴스였지만, 진행하는 제게는 공포영화나 다름없었습니다. 혀는 얼어버리고 자세는 무너져내릴 것만 같았습니다. 반듯하게 앉아 있는 것조차 고역스러운 일이었습니다. 브라운관에 비쳐진 모습은 가관이었습니다. 같은 말을 몇 번씩이나 더듬고, 코는 땀으로 번들거리고, 불안정한 눈으로 여기저기 훔쳐보기 바쁘고. 방송이 끝나면 언제나 서글픈 눈물을 흘릴 수밖에 없었습니다.

정확히 한 달 뒤, 프로그램에서 밀려났습니다(동료들끼리는 좀 끔찍하지만 느낌이 가장 잘 사는 표현을 써서 '잘렸다'고 합니다). 세상이 다 야속하더군요. 내가 가지고 있는 것은 100인데, 그걸 내보일 기회도 없었는데 이렇게 순식간에 그 자리에서 내려오다니. 억울했습니다.

포장의 가치를 부정하려는 것은 아닙니다. 약간의 포장은 조화로운 생활을 위한 생존전략이기도 하지요. 특히 카메라 앞에 선다는 것은 많은 시청자들을 상대로 진실을 전하는 작업이기에 포장 능력이 한결 중요합니다. 문제는 진실 없는 포장입니다. 좋은 모습으로 시청자에게 다가가려는 선한 의도가 변질돼서 지나치게 부풀리게 되는 데 함정이 있습니다. 부풀리는 것도 되풀이하다 보면 일종의 최면 효과를 내서 스스로 뛰어난 사람인 양 착각하게 만듭니다. 주변에서는 더더욱 그렇게 인정해주고 점차 그 간극은 메우기 힘들어지는 거죠. 이쯤 되면 포장의 단계를 지나 가면이 되고 맙니다.

이젠 초보 시절도 다 지났건만, 아직도 종종 포장과 가면 사이에서 갈피를 잡지 못하고 헤맵니다. 〈힘내세요 사장님〉 때와는 다르지만 요즘도 라디오 프로그램을 진행하면서 여러 청취자들의 사연과 접합니다. 힘겨운 삶을 위로받고 싶어하는 사연이 줄을 잇습니다. 다들 힘겹게 아픈 속내를 드러내지만 저로서는 아무런 답도 줄 수가 없습니다. 해답은커녕 길게 얘기할 짬도 내지 못하는 게 방송입니다. 어쩔 수 없이 판에 박힌 위로의 말을 늘어놓습니다. 나름대로 성의를 담아보려고 하지만, 몇 년

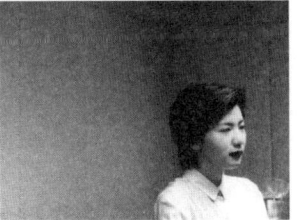

고맙다고 얘기해주는 사람을
만나면 가슴이 서늘해져요.

씩 반복하다 보니 그마저 부담이 됩니다. 그 뻔한 말을 듣고도 고마워하는 이들을 만날 때면 차라리 부끄럽습니다.

마음 같아서는 물기 어린 목소리를 만들어내서라도 위로를 주고 싶습니다. 그럴 때마다 톰의 눈물을 생각합니다. 포장과 가면의 차이가 뚜렷하지 않을 때, 톰의 눈물은 분명한 경계선을 그어줍니다. 최선을 다해 공감하되 지나치게 꾸미지 않기.

브리짓 존스가 내게 말하길

    영화를 선택하는 기준은 '입에 맞는 아이스크림을 선택하는 기준' 처럼 백인백색일 수밖에 없습니다. 〈집으로…〉처럼 눈물이 쏙 빠지게 만들어주는 영화를 좋아할 수도 있고, 〈스파이더 맨〉처럼 시원한 액션과 결말이 통쾌한 영화에 빠질 수도 있습니다. 〈슬링 블레이드〉처럼 지루하지만 묵직한 감동을 주는 영화를 선호할 수도 있고 〈순수의 시대〉 같은 시대극을 고르는 경우도 있습니다. 〈바톤 핑크〉 같은 컬트영화만 골라 보는 사람도 있을 테고 〈물랑루즈〉처럼 스토리는 진부하지만 찬란한 볼거리에 환호하는 사람도 있을 겁니다. 〈번지점프를 하다〉 같은 사랑이야기를 찾을 수도 있고 〈반지의 제왕〉 같은 블록버스터는 꼭 봐줘야 하는 분도 계실 테지요.

    저요? 뭐니뭐니 해도 아찔한 미녀들이나 눈이 처진 미남이 나오는 영화를 택할 겁니다. 영화를 선택하는 기준치고는 너무 가볍다는 느낌이

브리짓 존스의 일기

감독 샤론 맥과이어
주연 르네 젤위거, 휴 그랜트, 콜린 퍼스
장르 로맨스
제작 2001년 미국·영국

드십니까? 그래도 어쩔 수 없습니다. '동일시'는 제가 영화를 보면서 얻을 수 있는 가장 큰 기쁨 가운데 하나이기 때문입니다. 늘씬한 미녀와 스크린에서 두 시간여 뛰어다니다 보면 그녀의 환한 미소가 제 입가에도 전염됩니다. 눈꼬리가 살짝 처진 미남 배우가 등장하는 영화를 보고 나면 그의 상대역이라도 되는 양 걸음걸이와 말투에 자신감이 붙습니다. 〈미녀 삼총사〉를 본 뒤에는 친구에게 꼭 발길질을 해대야 하고, 〈첩혈쌍웅〉을 감상한 다음날부터는 버버리를 입어줘야 합니다. 당연히 제가 보는 영화에는 흑인도, 못생긴 여자도, 뚱뚱한 남자도 주인공으로 등장하지 않습니다. 될 수 있는 대로 누가 보아도 입이 딱 벌어질 만큼 멋진 주인공과 동화되고 싶어하는 까닭입니다. 그런 의미에서 〈브리짓 존스의 일기〉는 제게 대단히 예외적인 영화였습니다.

주인공 브리짓 존스의 모습은 밉다, 예쁘다를 따지기 어려울 정돕니다. 터질 듯한 가슴과 거들로도 채 정리되지 않는 엉덩이, 코끼리 다리 같은 허벅지만 가지고도 이미 미추(美醜)를 가리는 차원은 넘어섰습니다. 여기에 무절제한 생활이 가져온 나잇살에 깊게 팬 주름살까지 합쳐지면 상태는 최악에 가깝습니다. 그것뿐이 아닙니다. 알코올 중독에 골초에 가까운 흡연에……. 정말 할말이 없습니다.

그렇다고 부족한 조형미를 상쇄할 만한 지성미를 갖춘 것도 아니고 유능한 커리어 우먼도 아닙니다. 미래를 계획한다거나 자기를 개발하는 일에는 아예 관심이 없습니다. 직장 상사의 따뜻한 말 한마디에 마음이 뿌리째 흔들립니다. 그 상사가 누굽니까? 짧은치마 아래로 드러난 여직원의 다리를 넋놓고 바라보는 것으로 소일하는 천하의 바람둥이가 아니던가요? 야비함이 뚝뚝 떨어지는 표정, 기름진 칠면조풍의 미소, 찬란했던 과기의 영광을 그리워하며 이제는 놀아와 거울 앞에 선 '늙은 오빠' 쯤 되는 인물이 아니던가요? 그런 상사에게 마음을 뺏길 만큼 브리짓 존스의 자아 정체감은 바닥을 헤맵니다. 자기연민에 사로잡혀 한탄과 탄식으로 시간을 보내는 노처녀, 그게 바로 자타가 공인하는 그녀의 실체입니다.

칭찬해줄 만한 게 있다면 상사 다니엘의 얄팍한 속임수를 알아차리고 조금은 재미없고 조금은 덜 낭만적이지만 그래도 가정적이고 자신을 소중히 여겨주는 마크에게 돌아가는 그녀의 마지막 선택뿐입니다. 그나마도 없었다면 〈브리짓 존스의 일기〉를 보기로 마음먹은 저의 선택을 저주했을 겁니다.

감독은 어떻게 이런 주인공을 내세워 영화를 만들었을까요? 하긴 예술의 이름으로 특이하고 괴이한 취향의 작품을 만드는 작가들도 있으니까 감독이야 그럴 수도 있겠습니다. 하지만 흥행을 생각해야 하는 제작자의 입장은 달라야 했던 게 아닐까요? 관객은 수천 원이라는 비용과 120분 남짓이란 긴 시간을 영화에 투자합니다. 게다가 영화를 함께 볼 동행을 구하는 데 들이는 에너지까지 고려한다면 꽤 많은 투자를 하는 셈입니다. 그렇다면 최소한 화려한 용모와 고대 그리스 조각을 떠올리게 만드는 몸매 정도는 보여줘야 하는 게 아닐까요? 영화를 다 보고도 동일시할 만한 주인공을 찾을 수 없었던 저의 손해는 누가 보상해주지요?

　제가 좀 심하다고 생각하십니까? 그렇게 가혹하게 브리짓 존스를 깎아내릴 필요가 있느냐고요? 그렇게 느끼실 수도 있겠습니다. 하지만 영화를 보는 내내 제가 얼마나 초조감에 시달렸는지 모르고 하시는 말씀입니다. 정말 '동일시'의 대상으로 받아들이고 싶지 않은 브리짓 존스가 자꾸 '너와 나는 같은 과'라고 달려드는 것 같았습니다. "황정민, 너를 잘 들여다봐. 너도 나처럼 무기력함, 열등감, 준비되지 않은 미래에 대한 불안감이 득실거리잖아, 안 그래?" 추궁을 잠시라도 피하자면 "나는 너와 다르다"고 소리지를 수밖에 없었고, 그러자니 그녀를 최대한 무시할 수밖에 없었습니다.

　더구나 브리짓 존스는 나름대로 현실과 좋은 싸움을 벌이고 있습니다.

치명적인 상처를 입기도 하고, 진지에서 몰려나기도 하지만 결국 자기 식으로 활로를 열어갑니다. 참된 인간, 참된 결혼, 참된 만남, 참된 사귐에 대해 가치 기준을 세우고 그에 따라 마크라는 인물을 선택합니다. 갖가지 전투를 벌이면서 국지전에서는 패했지만 전체적인 판세에선 승리를 거둔 셈입니다. 이 대목이 저를 더 불안하게 합니다. 비슷한 싸움을 하고 있지만, 그녀만큼의 승리를 거두지 못하고 있기 때문입니다. 이것 역시 그녀를 구박할 수밖에 없었던 숨은 이유였습니다.

화면을 통해서 대중을 만나는 직업을 가진 이들은 좀더 멋진 모습으로 비쳐지고 싶어합니다. 물론 저도 그렇습니다. 화면에는 보통 체형보다 기형적으로 마른 모습이 더 예쁘게 보입니다. 마치 바비인형 같은 몸이어야 늘씬하게 나오죠. 한때는 저도 다이어트의 여왕이었습니다. 변함없이 1월 1일에는 지금 체중에서 3킬로그램을 줄이는 것이 목표가 되죠. 몸에 칼을 대는 일이야 내키지 않지만 그 외의 다른 방법은 다 동원하고 싶었습니다. 미용실을 바꿔보기도 하고 멀쩡한 머리에 색깔을 넣

나의 영원한 화두
다이어트, 영어, 결혼…

자신과의 싸움,
쉽지 않네요.

고 볶았다가 풀었다가. 예쁘게 보이면 많은 문제가 해결될 수 있을 것만 같았습니다.

굳이 직업적인 측면을 고려하지 않더라도 〈위험한 정사〉의 주인공처럼 혼자 늙어가거나 뚱뚱해서 아무도 쳐다보지 않는 노처녀가 되고 싶지는 않습니다. 발렌타인 데이처럼 특별한 날이 되면 짜증스럽기까지 하고 나이 들어갈수록 초라해지는 자신을 상상하는 건 참기 힘든 일입니다. 물론 현대 의학은 제게도 캐서린 제타 존스의 몸매와 니콜 키드먼의 얼굴을 가질 수 있는 일말의 희망을 남겨두었습니다. 하지만 그렇게 바꾼다 해도 저는 황정민일 뿐입니다.

이제 브리짓 존스와 화해해야겠습니다. 그녀가 그랬듯이 먼저 제 모습 그대로를 사랑하고 인정해주는 일에 익숙하고 싶습니다. 자기 자신의 처지에 슬퍼하더라도 자괴감에 빠지지 않는 그녀가 부러웠습니다. 자신이 쉬고 위로받을 만한 공간이 바로 자신 안에 있다는 것이 편안해 보였습니다. 그리고 진실한 사랑을 알아볼 수 있는 지혜를 배우고 싶습니다. 아직도 가진 것보다 좀더 멋져보이고 싶고 조금 더 포장한 모습으로 보이고 싶은 마음을 깨버리기가 쉽지 않지만, 안간힘을 써보려고 합니다. 제 모습 그대로의 저를 방송에서 보는 날을 위해 지금도 안간힘을 쓰고 있습니다. 브리짓 존스에게 보냈던 부러움의 눈길을 자신에게 보낼 수 있는 그날까지 한바탕 씨름이 벌어지겠지요.

놀라지 마세요

　'공주'라는 평가를 듣기는 생전 처음이었습니다. 그것도 그에게서 듣게 되리라고는 생각도 못했습니다. 적어도 공주가 되려면 화려한 화장에 머리끝부터 발끝까지 완벽하게 신경을 쓴 차림새, 과장된 몸짓과 다른 사람의 사정은 배려할 줄 모르는 자기중심적 사고방식 따위의 요소들을 갖춰야 하지 않을까요? 그에 비해 나는 화장도 잘 안하고 다니는 편이고 옷도 그리 신경쓰는 편도 아니고 다른 사람에게 예민할 정도로 마음을 쓰는 편인데 공주라니요? 배려의 여왕이라고 불러도 시원찮을 판에 공주 과로 몰아붙이다니.

　발끈하는 기세에 눌린 탓인지, 그는 "엘리트라는 의미였다"고 한 발 물러섰습니다. 비주류임을 인정하지 않고, 무엇이든지 못하는 것이 아니라 안하는 사람, 과거 지향적인 속성을 가지고 있는 사람이란 얘기를 하고 싶었다는 겁니다.

그렇다고 해도 그 정의에는 동의할 수 없었습니다. 제가 주류였다고 생각한 적은 없었거든요. 요즘은 주류가 되고 싶다는 생각이 스멀스멀 들기도 하지만 지금까지는 비주류인 것이 편하고 좋았습니다. 주류이기 때문에 지켜야 하는 백한 가지 것들을 지키고 사는 게 갑갑해 보였습니다. 과거 지향적인 것도 그는 과거의 화려했던 날들에 대한 자부심을 말하는 것이었고, 저는 과거에서 잘 벗어나지 못하는 경향은 있지만 그가 말하는 찬란했던 날에서 벗어나지 못하는 것은 아닙니다. 사실 긍지를 가질 만한 그런 요란한 때가 있었나 싶습니다. 아마 지금이 저의 가장 화려한 나날들이 아닐까요? 다만 사람들이 말하는 엘리트가 되고 싶다는 강박관념이 있기는 하지요.

피오나는 태어나면서부터 공주였습니다. 아름다운 용모에 멋진 자태, 고귀한 왕가의 피가 흐르는 진짜 공주였습니다. 마법에 걸려 용이 지키는 탑에 갇혀 있기까지 했으니 공주로서의 모든 조건을 구비한 셈입니다. 공주가 기다리는 건 당연히 백마를 탄 왕자였습니다. 걱정이 없는 건

슈렉
감독 비키 젠슨·앤드류 아담슨
장르 애니메이션, 판타지
제작 2001년 미국

아닙니다. 밤이면 괴물로 변해버리는 저주가 문제였습니다. 하지만 낮 동안의 미모라면 왕자 하나쯤 홀려서 결혼에 성공하기란 어려운 일이 아니었습니다. 근사한 왕자님이 진실한 사랑이 담긴 키스를 해주면 마법은 풀리고 행복한 미래로 들어가는 일만 남게 됩니다.

어쩌다가 슈렉이 피오나 공주의 왕자 노릇을 하도록 선택됐는지에 대해서는 길게 얘기하지 않겠습니다. 그가 공주와 얼마나 어울리지 않는 상대인지를 설명하기에도 시간이 모자라니까요. 슈렉이 나름대로 귀엽다고 생각하셨나요? 실제로 그런 남자가 있다고 상상해 보세요. 〈모여라 꿈동산〉에 나올 만한 거대한 얼굴에 그의 뭉툭한 코는 2세를 염려하게 만드는군요. 상체가 몸 전체의 3분의 2를 차지하는 비대칭 구조에 그의 풍만한 배는 또 어떻습니까? 그의 입 냄새를 참는 것도 고문일 겁니다. 주변에 친구도 하나 없고 그저 혼자만의 세계에서 독불장군처럼 살아가는 괴물. 백마를 타고 다니기를 하나 그나마 있는 집도 빼앗길 위험에 처해 있으니 정녕 공주의 부모가 살아 있다면 그에게 공주를 줄 리는 만무합니다.

그냥 자연스러운 제 모습을
사랑하기로 했습니다.

피오나 공주로서는 이만저만 실망이 아니지만, 현실적으로는 다른 선택이 있을 수 없습니다. 그나마 다행인 것은 그가 왕자가 아니라 그녀를 왕자에게로 인도해줄 안내원에 불과하다는 점입니다. 둘의 여행은 그렇게 시작됐습니다.

여정이 계속될수록 공주도 슈렉도 서로에게 마음이 끌립니다. 하지만 슈렉에게 공주는 뛰어넘을 수 없는 벽이었습니다. 그에게는 공주 자신만이 필요했지만, 공주의 입장에서는 모든 것을 갖춘 사람만을 사랑할 것 같았습니다. 슈렉은 혼자서 머리를 굴립니다. '존경받을 만한 위치에 있는 사람을 좋아할 거야. 그만한 재산이 있어야 할 테고, 기사들이 있어야 할 테고. 그밖에도 백한 가지쯤 조건이 더 있겠지? 그런데 사람들의 눈을 피해 늪지대에 혼자 사는 나 같은 괴물이라니, 말도 안돼!' 슈렉에게 호감을 느낀 순간, 공주 역시 열등감을 느낍니다. 자신의 나머지 반쪽이 너무나 초라해 보였습니다. 이제부터는 상대를 향한 호감이 오히려 고통이 됩니다.

피오나 공주와 슈렉은 사랑을 이루기 위한 최후의 고비에 이르렀습니다. 마지막 관문은 자신을 드러내는 일이었습니다. 자신의 참모습을, 자신의 참마음을 드러내고 서로이 사랑을 확인하는 절차가 필요했습니다. 최소한 투구를 벗고 겉모습을 드러냈다는 점에서, 슈렉은 한결 마음이 편합니다. 피오나 공주로서는 자신의 마음을 감추랴, 밤마다 변하는 괴물의 모습을 감추랴 마음이 분주합니다.

　나이 탓일까요? 요즘 '자신을 있는 그대로 드러내는 일'에 대한 생각이 부쩍 잦아졌습니다. 어쩌면 완벽주의자로 살기에 지쳤는지도 모릅니다. 저와 비슷한 일을 하는 사람이면 대개 그렇겠지만, 100점짜리 방송을 하고 싶었습니다. 인생이라는 마당에서도 100점을 받고 싶었습니다. 그러나 아무리 책을 읽고, 공부를 하고, 운동을 하고, 노력을 해도 마음에 들지 않는 부분은 그대로 남아 있었습니다. 완벽주의자란 99퍼센트에 대한 만족보다는 이루어지지 않은 1퍼센트에 대한 불만으로 나머지까지 무시해버리는 사람이라던가요? 모자라는 1퍼센트를 채우기 위해서 수중에 들어온 99퍼센트를 즐길 여유를 찾지 못했습니다.

　목표가 터무니없이 높았으므로 결과는 언제나 성적 미달일 수밖에 없었습니다. 그리고 미달된 성적은 적절한 포장으로 채워야 했습니다. 고맙게도 카메라는 그렇게 포장된 저의 모습을 포착해서 전파에 태워주었습니다. 당연히 일에서든 삶에서든 당당한 포만감을 느낄 수는 없었지만, 부족한 만족감은 다른 사람의 칭찬으로 그럭저럭 메워갈 수 있었습니다. 점점 세상이 어떻게 평가하는지가 곧 자신에 대한 가치 기준이 됐습니다. 방송을 통해 찬사를 보내주는 시청자나 청취자의 이메일을 받으면 한편으로 마음이 부풀어오릅니다. 하지만 한편으론 '나의 참모습

뉴스 진행하면서 웃는 앵커는
저밖에 없을걸요?

이 들키지 않을까?' 하는 일말의 불안감이 스쳐가는 건 피할 수가 없었습니다.

하루에도 얼마나 많은 실수를 하는지, 집에서 나올 때도 한번에는 못 나옵니다. 휴대폰을 두고 나오거나 그날 방송에 신어야 할 신발을 챙겨오지 않거나 해서 머리를 긁적이며 한번은 되돌아갑니다. 가장 주의하는 일은 같은 사람에게 똑같은 질문을 금방 돌아앉아서 또 하는 일입니다. 머리가 나쁜 건지 기억력이 없는 건지 가수 이름이나 영화 제목까지 주변에 확인을 하지 않으면 자신있게 얘기할 수가 없습니다. 숫자에는 특히나 약하지요.

무엇이든지 다 아는 것처럼 얘기하지만 사실 그건 제 머리에서 나오는 것이 아니라 준비된 자료에 의지한 것입니다. 열심히 준비하면 되지 뭐, 스스로를 위로해보지만 사람들의 기대에 찬 시선은 얼마나 부담스러운지.

당장이라도 "제가 이런 사람입니다"라고 솔직하게 털어놓고 싶지만,

혹시나 그랬다가 사랑받지 못하게 되면 어떻게 하나, 우습게 보이지는 않을까 두려워합니다. '나의 허술한 모습을 있는 그대로 본다면 아무도 나를 사랑해 주지 않을 거야'라고 생각합니다.

꾸민다기보다는 조심스러워지는 거죠. 그러다 보니 예민해지고 어느새 어깨는 굳어 있습니다. 뻔히 속이 보이는데도 혼자 아무렇지도 않은 척하려니 피곤한 일이죠. 왜 이렇게 의연한 척해야 하는 일들이 많은지 모르겠습니다. 보이는 만큼만 강하다면 살기 편할 텐데 속은 여리면서 '굳세어라 금순아'의 주인공 역할을 하려니 오죽 힘에 겹겠습니까?

영화 〈슈렉〉에서 피오나 공주는 사랑하는 이의 키스를 통해서 본래의 모습으로 '커밍 아웃' 합니다. 아름다운 공주의 형상으로 변해서 낮에도 밤에도 아름다움으로 빛날 것이라는 관객의 기대를 뒤엎고 괴물의 모습으로 최종 안착합니다. 추한 용모로 굳어지고서 도리어 편안한 표정을 짓는 걸 보면, 아름다운 피오나 공주의 얼굴이 오히려 가면이었나 봅니다.

아무튼 이제 숲속에서 낭군 슈렉과 함께 행복한 살림을 꾸리고 있을 피오나 공주의 도움을 받아 저도 조금씩 자신을 정직하게 드러내는 연습을 시작하기로 했습니다. 부족하고 모자라는 참모습을 용서해주기로 했습니다. 제 판단을 믿어보기로 했습니다. 사람들이 어떻게 느끼건, 어떤 식으로 말하건 숨쉴 수 있는 구멍을 만들어주기로 했습니다. 포장지를 다 뜯어버리고 내용물만 달랑 꺼내들고 다니기로 했습니다. 그냥 자연스러운 내 모습을 사랑하기로 했습니다.

내일 방송에 괴물이 나오더라도 너무 놀라지 마십시오. 부탁입니다.

내가 한국의 아멜리에라고?

특별히 튀어보겠다는 의도는 없었습니다. 그저 마음에 드는 스타일로 머리카락을 잘랐을 뿐입니다. 동료들 사이에서 두드러져 보이겠다는 욕심도 없었고, 금기를 깬다는 두려움도 없었습니다. 뉴스를 진행하면서도 이른바 '아톰 머리'를 꿋꿋이 고집한 전력이 있었기에, 잠시 뉴스를 놓고 있던 그 무렵에는 헤어스타일에 크게 신경쓰지 않았던 것입니다. 기본적으로 머리 자르는 것을 좋아할 따름이고 이번 헤어스타일도 비교적 맘에 들었습니다. 물론 차분하고 단정한 머리 스타일이 아나운서의 트레이드 마크처럼 돼버린 현실을 모르지는 않습니다. 하지만 삭발을 단행해서 저항의 결의를 보이거나 산발을 해서 혐오감을 준 것도 아닌데, 자신의 머리 모양을 결정할 정도의 자유는 직업과 상관없이 누구나 누릴 수 있어야 하는 게 아닐까요?

다음날 아침, 아나운서실로 들어서는 저를 바라보는 표정들에는 한결

같이 웃음기가 묻어 있었습니다. '시원해 보인다' 부터 '어쩌려고 그러니?' 까지 반응도 다양했습니다.

"역시 특이해."

"웬만한 배짱으론 그런 스타일은 어려울 텐데."

"무슨 일 있었니?"

동료들뿐만이 아니었습니다. 한동안 회사 인터넷 홈페이지에는 '여성 아나운서의 기괴한(?) 헤어스타일'에 대해 분노에 가까운 불평을 토로하는 글들이 적지 않게 올라왔습니다. 하지만 회사도 저도 어떻게 해볼 도리가 없었습니다. 오직 시간만이 이미 짧아진 머리를 다시 늘여놓을 수 있었습니다. 결국 그러든 말든 개의치 않기로 했습니다(아니, 않으려고 노력했습니다). 차라리 저의 머리 모양을 흉내내는 십대들이 많아져서 이러니저러니 하는 소리들이 잦아들기를 바라는 쪽으로 마음을 돌렸습니다.

그런데 전혀 엉뚱한 방향에서 구원이 찾아왔습니다. 곤경에서 날 건져준 구조대장의 이름은 '아멜리에'였습니다. 영화 <아멜리에>의 포스터가 곳곳에 나붙기 시작하면서 여주인공 오드리 토투의 헤어스타일이 주목받기 시작했던 것입니다. 장난스럽게 활짝 웃는 여주인공의 얼굴은 짧게 자른 머리와 어우러져서 봄처럼 화사한 분위기를 만들어내고 있었습니다. 똑같은 머리 모양을 두고 사람에 따라 '기괴'와 '청순'이라는 상반된

아멜리에

감독 장 피에르 주네
주연 오드리 토투, 마티유 카소비츠, 도미니크 피뇽
장르 코미디, 로맨스
제작 2001년 프랑스

결과를 내놓는 게 스스로 부담스러웠던지 저의 헤어스타일에 대한 험담은 금방 수그러들었습니다.

어느 신문에 실린 기사는 이런 분위기를 더욱 확산시키는 역할을 했습니다. 기자는 저와 아멜리에의 머리 모양이 닮았다는 데 착안해서 '황정민, 한국의 아멜리에'라는 인터뷰 기사를 내보냈습니다. 영화마저 비교적 흥행에 성공해서 마침내 보는 사람마다 '황정민의 머리 모양=아멜리에의 헤어스타일'이란 공식을 갖게 되었고, 그만큼 저를 보는 눈도 너그러워졌습니다. 언제 아멜리에를 만나면 밥이라도 한 끼 사야 할 일입니다.

일반적인 기준으로 본다면, 아멜리에는 불행한 여인입니다. 아빠를 보고 가슴이 두근거리는 소녀를 부모는 학교에 보내지 않습니다. 수의사로서 전문가에 준하는 의학 지식을 가졌다고 자신하던 부모는 딸의 증상을 심장병으로 오인했던 것입니다. 학교에 갈 수 없었던 아멜리에는 신경정신과적인 문제를 가지고 있는 어머니에게서 교육을 받습니다. 그러나 어

남들은 맹구라 말하지만
난 아멜리에라 말한다.

머니는 어느 날 불의의 사고로 길거리에서 즉사하고 충격을 받은 아버지 마저 자신만의 세계에서 빠져나오지 못한 채 괴로워합니다. 모든 걸 다 잃은 아멜리에는 몽마르트르 언덕에서 웨이트리스로 일하면서 삶을 꾸려갑니다.

하지만 정작 아멜리에 자신은 스스로를 불행한 여인으로 여기지 않습니다. 우연히 집에서 발견한 보물상지를 주인에게 되놀려준 뒤부터 행복을 전달하는 일을 하기로 작정합니다. 아버지를 위해서는 세계 곳곳에서 찍은 것처럼 연출한 사진을 보내주고, 가짜 명화를 그려 파는 이웃 할아버지에게는 슬쩍 창문을 열어 모델이 되어주고, 구박받는 채소 가게 점원을 대신해서 주인에게 따끔한 복수를 해주고, 레스토랑에서는 사랑이 이뤄지게 맺어주기도 합니다.

아멜리에가 행복을 전해주지 못하는 사람은 오직 자신뿐입니다. 지하철 포도샵에서 만난 피터를 좋아하지만, 자신있게 그 앞에 나서지 못합니다. 지하철에서 몽마르트르 언덕으로, 다시 공원으로 수많은 화살표를 붙여놓고 피터가 따라와주길 기다립니다. 그 화살표 끝에서 아멜리에는 소심함과 메마른 마음을 떨쳐버리고 피터와의 사랑을 시작합니다.

영화에는 나오지 않지만, 아멜리에가 행복을 전해준 또 한 사람이 있었습니다. 덕분에 곤경에서 헤어나서 일시적으로나마 편안하고 느긋한 마음을 갖게 된 황정민, 바로 저였습니다.

개의치 않겠다고 마음먹었지만, 누군가 던지고 가는 한마디, 인터넷에 올라오는 한 문장만으로도 평정심은 산산이 깨지곤 했습니다. "훨씬 낫다"라든가 "보기 좋다"는 얘기도 적지 않게 들었건만 오직 부정적인 반응에만 신경이 쓰였습니다. 겉으로는 태연한 척해도 속으로는 늘 뚱뚱 부어 있었습니다. '참 이상하다. 자기와 다르면 잘못됐다고 생각하다니. 모두 똑같은 머리 모양을 해야 하는 법이라도 있는 걸까? 인간 황정민은 그대로인데 기껏 머리 모양 따위로 이렇게 피곤하게 하다니 말이다. 사람의 됨됨이보다 헤어 스타일이 그렇게 중요한 걸까. 이렇게 원성이 높아지면 브라운관에서 밀려나게 되겠지?'

그러나 이제 아멜리에처럼 다른 방향에서 사태를 파악하기로 했습니다. 시청자들 가운데는 분명 유쾌함을 느끼는 이들이 있었으리라고 생각합니다. '저런 머리 모양을 하고 텔레비전에 나오다니, 대단한걸' 하며 봐주는 이들도 있었을 겁니다. 헤어스타일은 물론이고 옷 색깔, 귀고리 모양, 치마 길이 따위처럼 지극히 개인적인 취향까지 주위의 눈을 의식

해야 하는 제 또래 여성 직장인들 가운데는 대리만족을 느끼는 이들도 있었을 겁니다. 모든 사람의 사랑을 받는다는 것이 불가능한 일이라면, 어차피 좋아하고 싫어함이 갈리게 되는 것이라면, 나를 사랑해주는 이들에게만이라도 더욱 열심히 봉사하는 게 좋겠다고 마음을 고쳐먹었습니다.

물론 저는 영화 속의 아멜리에처럼 착한 마음으로 똘똘 뭉쳐진 인간은 아닙니다. 하지만 저로 인해 기쁨을 얻는다고 고백하는 고마운 분들도 적지 않습니다. 가장 가까이는 우리 막내딸 안 낳았으면 큰일날 뻔했다고 하시는 어머니가 계시고 동생이 있어서 심부름시키기 좋다는 우리 언니가 있습니다. 며칠 전 만난 한 작가는 저에게 부끄럽지 않기 위해 열심히 글을 쓰고 있다고 했고 누군가는 저로 인해 착한 사람이 되고 싶다고 했습니다.

아침 방송인 〈FM 대행진〉 앞으로 오는 사연들도 대부분 그렇습니다. 찌뿌드한 아침이지만 저의 상큼한 목소리에 아침을 기분좋게 시작한다는 분도 있고, 재미있는 콩트에 혹은 저의 썰렁함에 기운을 얻는다는 분

'I Love Your Smile'
〈FM 대행진〉 식구들과 함께.

들도 있습니다. 군대에서 저와 함께하는 아침으로 답답한 현실을 이겨냈다는 군인들도 있고, 교도소에서 세상으로 향하는 오직 하나의 출구로 저를 대하시는 분들도 있습니다.

대부분 이제는 아침을 함께 열어가는 동지애를 느끼시는 것 같습니다. 휴가를 다녀오면 제가 없는 아침이 허전했다며 다시는 어디 가지 않았으면 하는 간절함을 내비치는 분도 있습니다. 얼마 전 첫 모임을 가졌던 팬클럽 회원들도 그날 몇 시간의 만남을 위해 지방에서 올라올 정도로 열성적이었습니다. 아침에 저를 보면 재수가 좋다는 회사 동료도 빼놓을 수가 없군요. 이들에게만이라도 기쁨을 주고 상처를 싸매주는 아멜리에가 되고 싶습니다.

오늘은 황정민의 독립기념일

　고교시절 내내 치마를 입어야 했습니다. 그러는 게 좋겠다는 권장 사항이 아니라 꼭 그래야 한다는 명령이었습니다. 치마를 입는 데도 일정한 법식이 있었습니다. 길이는 무릎 아래 3센티미터를 넘어야 했습니다. 너무 타이트해서 몸의 곡선을 드러내는 치마도 금지되었습니다. 그러니까 주름치마나 헐렁한 아줌마 치마가 우리의 교복 아닌 교복이었습니다. 치마에 운동화는 어울리지 않는 차림이지만 그렇다고 구두를 신고 가는 건 엄두도 내지 못했습니다.

　'지엄한' 명령에 따르지 않는 학생들은 정문 앞에서부터 통제를 받았습니다. 눈길만 마주쳐도 오금이 저리는 규율부 선생님과 선배들이 버티고 서 있다가 치마를 입지 않거나(감히 치마를 거부하는 친구는 없었던 것 같습니다만) 법식에 맞지 않게 입은 학생들을 족집게처럼 잡아냈습니다. 일단 규율부에게 적발되면 '공개 처형'을 당해야 했습니다. 표현이 너무

써클

감독 자파르 파나히
주연 나르게스 머미자데,
마리암 팔빈 알마니, 모니르 아랍
장르 드라마
제작 2000년 이란

격하다고요? 눈곱만한 일에도 얼굴이 붉어지던 시절, 전교생이 등교하는 교문 옆에서 선생님과 친구들의 눈길을 받아내며 벌을 선다는 건 그맘때 아이들에겐 '공개 처형'에 가까운 형벌이었습니다.

한사코 치마 입기를 강요하는 이유는 간단했습니다. 여자는 여자다워야 한다는 것, 그것이었습니다. 학생 지도를 담당하는 선생님은 복장이 품행을 규정한다는 당신의 설명을 뒷받침하기 위해 늘 '예비군 훈련장론'을 들고 나왔습니다. 사회적으로 인정받는 점잖은 사람들도 예비군 훈련복만 입혀놓으면 개망나니처럼 행동하게 된다는 얘기였습니다. 사람이란 자고로 그 옷에 걸맞게 행동을 하게 되니 치마로 '조신한' 여성을 키워내야 한다는 것입니다.

학교의 입장에서야 더할 나위 없이 고상한 목표였겠지만, 학생들에겐 대단한 고역이었습니다. 앉고 서는 간단한 동작에도 항상 신경을 써야 했고, 아무리 급한 일이 있어도 달릴 수가 없었습니다. 특히 치마와 짝을 이루어 항상 따라다니는 스타킹은 운동 에너지가 넘쳐흐르는 아이들에 겐 일종의 족쇄나 다름없었습니다. 하루종일 교실에서 꼼짝 않고 앉아 있어야 하는 것만으로도 고역인데, 스타킹의 조여오는 느낌은 그 고통을 배가시켰습니다.

　그렇다고 정말 품행이 방정해졌느냐 하면 그것도 아닙니다. 수업시간에 졸다가 다리가 벌어지는 일도 흔히 볼 수 있었습니다. 물론 남자 선생님이 계시기야 했지만 그것까지 통제할 수야 없는 일 아니겠어요? 매점에서 빵을 먹다가 종이 울리면 우리는 칼 루이스의 나이키 운동복 없어도 치마를 펄럭거리며 뛰어다녔습니다. 앉을 때도 철퍼덕 앉았다 일어나서 툭툭 치마를 털어내면 그만이었습니다. 다리를 조심스럽게 오므리는 요조숙녀는 특별히 기억나지 않습니다.

　지금 생각하면, 어떻게 3년을 그런 차림으로 다녔는지 모르겠습니다. 어떻게 한번도 꿈틀하지 않았는지 신기하군요. 그 많은 학생들 가운데 단 한 명도 복장 문제에 관해서 이의를 제기하지 않았습니다. 예비군 훈련장 이론에 동의하는 아이는 단 한 명도 없었는데 말입니다. 감시의 눈초리가 무서운 정문을 통과해서 교실에 들어가자마자 체육복 바지로 갈아입는 것이 유일한 치마 거부의 몸짓이었습니다. 아마 선생님들과 친구

자! 마음의 철조망만 넘으면
자유의 세상이랍니다.

들에게 문제아로 낙인찍히기 싫었던 것 같습니다. 나 하나만 눈감고 넘어가면 되는데 굳이 문제를 만들고 싶지 않았습니다. 맞붙어봤자 얻는 것보다는 잃는 것이 많다는 것을 너무 빨리 알아버렸는지도 모릅니다.

이란의 여성들은 차도르를 입어야 했습니다. 그녀들은 지금도 차도르로 자신을 감추지 않으면 집 밖에 나서질 못합니다. 정확히 표현하자면 차도르를 입고 남자와 동행하지 않으면 거리에 다닐 수가 없습니다. 여성은 남성의 부속물이거나 그림자일 뿐, 한 사람의 인간으로 대우받지 못합니다.

이런 이란사회에서 감옥을 탈출한 용감한 세 여인이 있습니다. 천국이라 믿고 있는 고향으로 돌아가고 싶어하는 나르게스. 천국이 없는 현실을 차마 그대로 내비쳐줄 수 없는 아레주는 나르게스를 위해 몸을 팔아 돈을 마련합니다. 동행하는 남자가 없으면 버스표조차 살 수 없지만 어렵사리 티켓도 마련합니다. 그러나 나르게스는 결국 경찰의 불심검문 때문에 고향으로 가는 버스를 그냥 보내야만 합니다. 사형수의 아이를 가진 채 집에서 쫓겨난 파리는 아이를 지우기 위해 헤매다니지만 병원에도 갈 수 없습니다. 남편의 동의 없이, 아버지의 동의 없이는 아무도 수술을 해주지 않습니다. 집에서 쫓겨나 갈 곳을 잃은 처지임에도 호텔에 고단한 육신을 누일 수조차 없습니다. 남자가 없으면 호텔 출입조차 허가되지 않으니까요.

결국 그녀들은 다시 감옥에서 만나게 됩니다. 그들에게는 감옥 밖의 세상도 자유롭지 못했습니다. 조금 더 큰 서클로 이루어진 또 하나의 감옥이었을 뿐입니다. 아직도 그런 세세한 행동까지 법으로 통제되는 사회가 있다는 것이 놀라웠습니다. 그저 답답한 차도르를 두르고 다니는 줄로만 알았던 이란의 여성들, 뛰어넘기에는 거대한 벽으로 이루어진 우물 안의 개구리 꼴이지요.

이제 저에게 치마를 입으라고 강요하는 사람은 없습니다. 집에서는 말할 것도 없고 방송국에서도 치마냐 비지냐를 따지지는 않습니다. 고등학교 3년 동안 저를 옭아맸던 족쇄는 일단 풀린 셈입니다. 그럼 제가 그때보다 훨씬 자유로워졌을까요? 꼭 그런 것 같지는 않습니다.

우선 '여성'이라는 제약이 은밀하게 따라다닙니다. 일을 하다가도 문득 그런 생각이 듭니다. 뉴스의 경우 큰 사건이 터진 경우에 더욱 명확히 드러납니다. 남성앵커가 주요 부분을 다룬 후에 그날의 핫 이슈와는 상관없는 기사들의 뒤처리가 여성앵커들에게 맡겨지죠. 엄밀히 말하면 코앵커(co-anchor, 보조진행자)입니다. 남녀가 짝을 이루어 진행을 해야 격에 맞는다는 것이 제작의도이지 앵커 둘을 내세우는 것이 아닙니다. 대부분의 굵직굵직한 뉴스 뒤에나 얼굴을 내미는 게 제 입장이었죠. 경력도 있고 뉴스의 특성상 지금은 거의 같은 역할을 하고 있지만 여전히 그런 생각을 떨쳐버릴 수가 없습니다. 대부분의 후배들이 그렇고 저 또한 그랬으니까요. 뉴스 이외의 다른 프로그램의 경우에도 대부분 남성 진행자의 리드에 발맞춰 가는 경우가 많았습니다. 겉으로 뭐라고 따질 수 없지만 보이지 않는 규칙이 존재하고 있는 게 현실입니다.

나이와 외모도 보이지 않는 손으로 목을 죕니다. 그 사람이 가진 신뢰성이나 연륜보다는 신선한 얼굴을 선호하시지 않나요? 방송이라는 마력에 빠져 있는 젊고 예쁜 여성들이 넘쳐나는 마당에 누가 나이 든 아줌마 몸매의 진행자를 좋아하겠습니까? 분명 눈요깃감이 아님에도 그런 생각을 하면 처량하기도 합니다. 하지만 가꾸는 것 또한 능력이기에 조금이라도 어려보이고 싶어 열심히 관리를 합니다. 살찌는 것도 큰 스트레스입니다.

그러나 가장 끈질기게 저를 물고늘어지는 제약은 '주위의 눈을 의식하는 저의 마음' 입니다. 대중 앞에 서는 직업적인 특성 때문에 그들의 평가에 지나치게 민감해집니다. 인터넷에 오른 몇 줄 칭찬과 비판에 마음의 기상도가 맑음과 폭우로 교차합니다. 누군가 "오늘 방송 참 좋았어요"라고 칭찬해주면 마음이 한없이 부풀어오릅니다. 특히 평소 신뢰하던 사람이 몇 마디 거들어주면 제가 하는 일이 훨씬 가치 있는 일처럼 느껴집니다. '그'는 부모 형제 가운데 누구일 수도 있고, 동료일 수도 있고, 선배

사색하고, 점검하고… On Air.

일 수도 있습니다. 평소대로 방송을 마치고도 그의 칭찬을 들으면 특별히 잘한 것 같고, 이상하다고 지적하면 당장이라도 뜯어고치려고 노력하게 됩니다. 그가 할 수 있다고 미소를 지어주면 당장이라도 뭐든지 할 수 있을 것 같은 자신감이 용솟음쳤습니다.

점차 그의 호감을 사려는 정도를 넘어서 세상을 그의 잣대로 보기 시작했습니다. 그가 없으면 혼란스러웠습니다. 중요한 결정을 내리기 전에는 언제나 그와 상의하고 그의 의견을 따랐습니다. 저에 대해서 제일 잘 아는 것은 저 자신일 텐데 그의 의견이 더 객관적이고 더 현명할 것이라고 믿어버렸습니다. 칭찬받고 싶은 마음이 커서 어느새 그의 서클에 갇혀버린 것입니다.

영화 〈써클〉의 극단적인 예가 아니었다면 저를 둘러싼 커다란 서클을 아직도 깨닫지 못했을 겁니다. 차도르를 두르지 않았을 뿐이지 그들과 마찬가지로 종속적인 삶을 살고 있다는 자각이 뼈아프게 다가왔습니다. 치마와 차도르의 연장선에 주위의 평가가 있었습니다. 그러고 보면 마이크 앞에 앉은 '나'는 본래의 '나'가 아니라 대중의 기호에 맞춰진 '나'였습니다.

익숙해진 틀을 깬다는 게 쉬운 일은 아니겠지만, 본래의 나로 돌아가는 걸음을 시작하려고 합니다. 아나운서로서가 아니라, 딸로서가 아니라, 여성으로서가 아니라 주체적인 인간으로서 든든히 서야겠다고 마음먹습니다.

오늘은 인간 황정민의 독립 기념일입니다.

나는 나

'눈은 새로운 것을 좋아하고 귀는 익숙한 것을 좋아한다' 는 말이 꼭 맞았습니다. 내가 처음 〈FM 대행진〉 진행을 맡았을 때 청취자들은 노골적으로 진행자에 대해 불만을 표시해왔습니다. 목소리가 낯설어서였을까요? 하긴 자신감도 없고 가늘고 높은 목소리가 거슬렸는지도 모르겠습니다. 전임자인 최은경 아나운서가 프로그램에 남긴 자취는 생각보다 컸습니다.

라디오 청취자들은 텔레비전 시청자들에 비해 훨씬 쉽게 진행자에게 마음을 주고 친밀감을 느낍니다. 장수 프로그램의 진행자들을 오래된 친구처럼 여기는 이들도 적지 않습니다. 그런 프로그램을 새로 맡게 된 신참으로서는 한동안 고전을 면치 못합니다. 익숙한 친구를 내몰고(?) 그 자리를 대신 차지한 낯선 목소리가 탐탁할 리 없습니다. 전임자가 실수투성이의 엉성한 DJ였더라면 좀 나았을지도 모르겠습니다. 하지만 전임

아마데우스

감독 밀로스 포먼
주연 톰 헐스, F. 머레이 에이브라함
장르 드라마
제작 1984년 미국

자가 누굽니까? 전성기를 구가하던 최은경 아나운서가 아닙니까? 저로서는 최악의 전투에 투입된 것이나 다름없었습니다.

처음 제안을 받았을 때는 그런 결과까지 헤아릴 여유가 없었습니다. 워낙 갑작스럽게 찾아온 탓도 있지만, 오랫동안 기다려왔던 기회였기에 앞뒤 가리지 않고 기쁨에 들떴던 것입니다. '기다리다 보니 기회가 오기는 오는구나!' 하지만 그 찬란한 기쁨은 첫 방송을 마치자마자 산산이 깨져버렸습니다. 비교당하는 걸 죽기보다 싫어하는 저의 아킬레스건이 맹렬한 공격에 갈가리 찢겨나갔기 때문입니다.

첫 방송이 나간 직후부터 이런저런 뒷얘기들이 들려오기 시작했습니다. 목소리가 지나치게 가늘어서 힘이 없다고 해서 일부러 굵게 했더니 이번에는 또 건조하다나요. 목소리라는 것이 각자의 개성이 묻어 있게 마련인데 높으면 높은 대로 차분하면 차분한 대로 사람들은 토를 달았습니다. 자신감이 없어진 저는 제 색깔을 찾기보다 사람들의 입맛 맞추기에 급급했습니다.

어디에도 정답이라는 것은 없는 것이 방송인데 이 사람 저 사람의 말에 따라 갈팡질팡 매일매일 다른 사람이 되어 〈FM 대행진〉을 진행했습니다. 패널들의 이야기가 재미없어도 웃어주어야 하는데 잘 웃지 않아서 분위기가 안 살아난다, 뉴스를 오래해서 그런지 말투가 딱딱하다, 콩트를 해야 하는데 사투리를 못한다, 어떤 날은 웃음소리가 너무 높아서 경망스럽다, 사연을 맛깔스럽게 정리하지 못한다, '네'라는 대답을 너무 많이 한다, 적게 한다, 조심스러워서 듣는 사람이 편안하지 않다. 모두 맞는 지적이었습니다. 그런 수군거림 뒤에는 꼭 전임자와 비교하는 얘기들이 따라다녔습니다. 저는 끊임없이 비교당하는 속에서 승부욕을 불태우는 전사 체질이 못됩니다. 도리어 얼어붙어버리는 형에 가깝습니다.

주위를 둘러봐도 기댈 곳이 없어보였습니다. 외롭다고 생각했습니다. 아무도 저를 믿어주지 않는 것처럼 느껴졌습니다. 스태프들이나 초대 손님들까지 모두 전임자와 일하던 분들이라는 사실도 저를 위축시키는 요인이었습니다. '처음이라 그럴 거야. 언젠가는 멋진 DJ가 되겠지' 하고 격려해주기보다는 '지난번 DJ는 참 잘했는데……'라고 생각할 것만 같았습니다.

그렇게 기대했던 자리건만, 이제는 맞지 않는 우스꽝스러운 옷을 입고 등 떠밀려 나가 재주를 넘어야 하는 광대가 된 것처럼 두렵고 떨리기만 했습니다. 옷이 잘 안 맞는다, 팔이 짧다, 등이 굽었다 따위의 야유를 한 몸에 받으며 무대를 지키는 느낌이었습니다.

한번 자신감을 잃어버리자 신경은 온통 다른 사람들의 반응에만 쏠렸습니다. 누군가 찌푸린 얼굴을 하고 있으면 진행에 무슨 문제가 있었는지 되짚어보곤 했습니다. 같이 일하는 사람들의 눈치를 살피고 혼자 많이 속상해 했습니다. 아침 방송을 끝내고 사무실로 들어갈 땐 고개를 숙이고 들어갔습니다. '오늘은 또 어떤 얘기를 들을까?' 어느새 '수그리'란 별명이 붙었습니다. 사실 질책만큼 많은 격려와 사랑을 받았는데도 당시로서는 전혀 귀에 들어오지 않았습니다.

실수도 많았습니다. CD 번호를 잘못 맞추어 엉뚱한 곡이 나간다든지 아예 다른 CD를 건다든지, 제목을 잘못 말한다든지 하는 사소한 실수들이 되풀이됐습니다. 다시는 실수를 하지 말아야겠다는 강박관념이 도리어 다른 실수를 부르기도 해서 하루에 다섯 번까지 엉뚱한 노래를 틀어버린 적도 있었습니다. 잠자는 시간이 가장 좋았습니다. 아무도 관여할 수 없는 저만의 세계, 잠 속에서만 평안할 수 있었습니다. 어쩌면 우울증을 앓고 있었는지도 모릅니다. 그렇게 1년여를 지내고 나니 몸도 무척 나빠졌습니다. 방송 시간만 되면 위에 통증이 왔습니다.

최고의 인기를 누리며 성공적으로 방송을 해낸 은경이가 부러웠습니다. 앞서 〈FM 대행진〉을 진행했던 은경이는 착하고 재미있는 후배입니다. 방송도 잘하고 키도 훤칠하게 커서 어디서나 눈에 금방 띄죠. 그 주변에는 언제나 활기가 넘치고 웃음바다가 펼쳐집니다. 독특한 말투, 기발한 상상력, 거침없는 표현. 그녀를 구성하는 요소 하나하나가 모두 빛나고 화려해 보였습니다. 그녀를 바라보는 눈길에는 부러움과 질투와 그런 감정을 떨쳐내지 못하는 스스로에 대한 실망감이 모두 들어 있었습니다.

약 250년 전, 비엔나에는 저와 똑같은 시선으로 누군가를 바라보는 이가 있었습니다. 뚫어져라 모차르트를 응시하고 있는 안토니오 살리에르였습니다. 아무리 노력하고 노력해도 따라갈 수 없는 탁월한 상대에게 보내는 시선. 선망과 욕심과 자책에 어찌할 바를 모르는 평범한 사람의 눈길이었습니다. 이런, 제가 '평범한' 이란 표현을 썼군요. 사실 살리에르를 평범한 사람이라고 평가하는 데는 어폐가 있습니다. 황제의 눈에 들어 궁정 소속 작곡가가 된다는 것도 쉬운 일이 아닌데, 그는 동료들을 모두 제치고 22년 만에 궁정 악장이 됩니다. 〈다나이드〉나 〈오라스〉 등 그가 쓴 오페라가 연속 성공을 거둔 걸 보면 작곡 솜씨 역시 평범하지는 않았던 모양입니다. 하이든이나 베토벤 등 그가 교유하던 인물들의 면면

나의 사랑, 나의 FM 대행진.
그러나 방송은
언제 등돌릴지 모르는
애인 같습니다.
나는 너무 사랑하지만.

역시 살리에르의 위상을 보여줍니다.

그러나 모차르트의 등장 앞에서 그의 '비범'은 곧 '평범'으로 바뀌고 말았습니다. 살리에르는 음악을 통해 신의 사랑을 전하고 싶었지만 생각지도 못했던 인물이 더 탁월한 솜씨로 그의 과업을 완수해내는 걸 지켜봐야 했습니다. 이 세상에서 가장 위대한 작곡가가 되어 신에 대한 성실과 근면과 겸손한 마음을 바치고 싶었지만 '지존'의 자리는 그의 몫이 아니었습니다.

더욱 견디기 힘든 것은 살리에르에게 모차르트의 천재적인 음악을 제대로 평가할 수 있는 안목이 주어진 것입니다. 모차르트의 자리는 부단한 연습으로 도달할 수 있는 게 아니었습니다. 연습으로 채울 수 없는 '천재성'이란 이름의 간격이 둘 사이를 갈라놓고 있었습니다. 결국 신은 모차르트에게는 죽음을, 살리에르에게는 그보다 더한 고통의 세월을 남깁니다.

그렇게 시간이 흘렀습니다. 어떻게 그 세월을 견뎌냈는지 모르겠습니다. 단순히 기술을 필요로 하는 부분에는 익숙해졌고 시간이 자연스럽게 가져다주는 편안함도 큰 힘이었습니다. 청취자들의 반응도 점점 좋아졌습니다. 우선 주변의 많은 사람들이 방송 잘 듣고 있다는 얘기를 전해왔고 편지와 이메일의 횟수도 늘어났습니다. 지나치게 가늘다고 하는 저의 목소리를 아침에 딱 들어맞는 상큼한 목소리라고 칭찬하는 사람들도 생기고 많이 편안해졌다는 소리도 들려왔습니다.

어느날인가는 담당 PD가 술집 옆테이블에 앉은 사람들이 〈FM 대행진〉의 열혈 청취자라며 큰소리로 얘기하는 것을 듣고 와서는 흐뭇해했습니다. 2년 전쯤부터는 청취율 조사에서도 줄곧 1위를 달리게 되었습니다. 신문기자들도 좋은 평을 써주었고 TV 프로그램인 〈뉴스 투데이〉도 자리를 잡아 청취율을 높이는 데 한몫해 주었습니다. 〈FM 대행진〉에 경품을 제공하고 싶다는 제의도 많이 받게 되었고, 올해부터 시작한 광고도 가장 먼저 꽉 채워졌습니다.

형편이 좋아지면서 자신을 보는 눈도 한결 너그러워졌습니다. 물론 모차르트가 되어야겠다는 야심은 진작에 접었습니다. 어차피 모차르트가 될 수 없는 살리에르의 운명이라면 굳이 자신을 괴롭히지 않기로 했습니다. 예쁘게 보이기를 포기하는 게 그렇게 힘들더니 이제는 그럴 배짱도 생겼습니다. 그저 있는 그대로를 보여주는 게 가장 아름다워 보인다는 걸 배웠습니다. 성실한 제 모습을 사랑하기로 했습니다.

얼마 전까지만 해도 지각 한번 안하고 열심히 일하는 자신이 그렇게 초라해보일 수가 없었습니다. 특별한 재능이 없어서 그저 은근과 끈기로 세상을 상대한다는 얘기와 통한다고 믿었기 때문입니다. 성실의 한계가 명확히 보여서 싫었습니다. 하지만 이제 그게 나라면 그대로 받아주기로

말하지 않아도 알아요.
내가 좋아하는 사람들.

했습니다.

집착도 버렸습니다. 워낙 해보고 싶었던 FM 방송이라 알게 모르게 '자리에서 밀려나면 안되는데' 라는 생각에 사로잡혀 있었나봅니다. 그만두라고 하면 툭툭 털고 일어나면 될 일을 괜히 끙끙거리며 고민했습니다. 조직의 특성이라는 것이 버틴다고 자리를 지킬 수 있는 게 아닌데도 말입니다. FM 프로그램 DJ 말고도 아나운서라는 일도 있고, 텔레비전 프로그램 사회자라는 일도 있다는 사실이 새삼 다가왔습니다. 그것마저 못하게 된다면? 그럼 다른 일을 찾지요. 빵을 만드는 기술을 배워 빵집을 할수도 있고 모든 걸 떨쳐버리고 인도로 가보고도 싶습니다. 저를 통해 실현될 새로운 무언가가 기다리고 있겠지요.

살리에르는 모차르트처럼 되려고 했기 때문에 모차르트도 살리에르도아닌 괴물이 되어버렸습니다. 신이 그에게 원한 것은 바로 모차르트의삶이 아닌 살리에르 그대로의 모습이었을 것이라고 뒤늦게 짐작합니다. 황정민은 누군가처럼 될 수도 없고 누구도 황정민처럼 될 수 없습니다. 누구보다 잘하고 또는 못하는 아무개가 아니라 있는 그대로, 생긴 그대로 인정받고 싶다고 생각합니다. 여전히 뛰어난 누군가에 대한 질투심이나 부러움으로 마음의 평정을 잃을 때가 없는 건 아니지만 제게 주어진 모습 안에서 열심히 뛰어보고 결과에 만족하려고 합니다. 결과가 맘에 들지 않는다면? 그래도 상황을 즐기며 최선을 다해 보겠습니다.

이제부터 시작이야

'이렇게 사는 게 정말 제대로 사는 걸까?'

너무 바빠서 이런 푸념이 나올 정도입니다. 오늘만 해도 그렇습니다. 새벽에 일어나 〈FM 대행진〉을 진행하고 나면 아침 9시. 10시부터는 그날 녹화할 화면을 미리 봅니다. 12시 분장을 하면서 점심을 대충 먹고 1시 30분 정도 녹화에 들어갑니다. 두 시간 정도 녹화를 한 후에 인터뷰 장소로 향합니다. 4시, 인터뷰하는 데 걸리는 시간은 한 시간 반 정도. 인터뷰가 끝나면 곧장 7시 뉴스 준비에 들어갑니다. 뉴스가 끝나는 시간까지는 정신없습니다. 생방송이라고 해서 유달리 긴장하지는 않지만 온 신경을 뉴스에 집중해야 합니다. 오늘은 뉴스가 끝나고 난 뒤 특집 더빙까지 하고 돌아왔습니다. 집에 돌아오니 10시 반. 하루하루가 이렇게 꽉꽉 채워집니다. 어느 대학에서는 특강을 해달라기도 하고 신문사에서는 원고 청탁을 합니다. 인터뷰를 의뢰하는 전화를 받으면서 새삼 수많은 신문과 잡지의 존재를 파악하게 됩니다. 다른 프로그램에서 패널로 나와달라는 요청도 끊이질 않습니다.

사실 한가하게 책상만 지키고 앉아 있는 것에 비한다면 이렇게 찾는 이가 많고 바쁘다는 건 결코 마다할 일이 아닙니다. 그만큼 사랑하고 인정해주는 이들이 많다는 뜻이니 오히려 고마워해야 마땅할 일입니다. 하지만 여전히 부족한 게 많은 성품인지라, 틈틈이 이것저것 다 버려두고 어딘가 숨어서 푹 쉬고 싶다는 생각이 들기도 합니다. 몸이 피곤하다 보면 마음에도 그만큼 여유가 없어지는 모양입니다. 그런 저를 보고 가까운 선배들은 충고합니다. "있을 때 잘해!"

10년쯤 뒤의 저를 생각해보면 선배들의 충고가 얼마나 문제의 핵심을 정확하게 짚고 있는지 알 수 있습니다. 앞으로 10년이면 아마 아이 둘을 거느린 아이 엄마가 돼 있을 겁니다. 조금은 살이 붙어서 아줌마 티가 역력하겠지요? 어쩌면 지금보다 수다스러워졌을지도 모르겠군요. 출산에 육아에 많은 것을 경험하고 난 뒤라 나름대로의 노하우를 전수하고자 할

키즈 리턴
감독 기타노 다케시
주연 안도 마사노부, 오스기 렌, 카네코 켄
장르 드라마
제작 1996년 일본

테니까요. 방송은 계속하고 있을까요? 그렇다면 대단히 다행스러운 일이겠지만, 어떤 방송을 하고 있을지도 궁금하군요. 제가 지금 진행하고 있는 프로그램들의 컨셉이 다들 젊고 튀는 이미지라 40대까지도 그 방송들을 하고 있을지 의문입니다. 주변에서는 수군대겠죠? "그렇게까지 그 방송에 집착하더니, 것 봐라. 떠오르는 신인에게 1등의 자리를 빼앗기고 말았잖아. 진작에 그만뒀으면 보기나 좋지."

하긴 10년이면 사람을 완전히 바꿔놓기에 충분한 시간입니다. 혹시 10년 전에 어떤 여성 앵커가 9시 뉴스를 진행했었는지 기억하십니까? 당시 뉴스를 진행하던 앵커는 저를 비롯해서 모든 여학생들의 우상이었습니다. 지적인 얼굴에 부드러운 카리스마까지 그녀의 몸은 전문가의 광채로 뒤덮여 있었습니다. 하지만 요즘 여학생들 가운데 그녀를 기억하는 친구들이 몇이나 될까요? 카메라 앞에서 일한다는 건 그처럼 대단히 가변적인 환경에서 살아간다는 뜻입니다. 하나씩 단계를 밟아 마침내는 정상에 오르는 그런 일과는 다릅니다. 아주 어린시절 단번에 화려한 조명을 받

열심히 가다 보면
길이 나오겠죠?

다가 스러져가기도 하고 오랜 무명시절을 거쳐 드디어 몸에 맞는 프로를 통해 이름이 빛나기도 합니다. 변함없는 원칙이 있다면 세월 앞에는 모든 것이 무색해진다는 것, 그것 하나뿐입니다. 저라고 예외일 수 있을까요? 글쎄요, 제 생각에는 전혀 그렇지 않을 것 같군요.

수업을 밥 먹듯이 빼먹고 동급생에게 뻥땅한 돈으로 살아가는 마사루, 그리고 신지. 영화 〈키즈 리턴〉에 나오는 주인공들의 미래도 그리 밝아보이지는 않습니다.

마사루는 주먹으로 세상을 제압하려고 권투를 배우다가 마침내는 야쿠자가 됩니다. 야쿠자의 맨 밑바닥부터 시작한 그에게도 조금씩 서광이 비치는 듯했습니다. 그러나 그의 무모한 충성심과 성급함이 주위의 견제를 불러일으켜 조직의 보복을 맛보게 됩니다. 그리고 몇 년간의 어두운 생활 끝에 마사루는 백수 생활로 돌아옵니다. 세상을 제패할 유일한 밑천이었던 두 팔 가운데 하나가 잘려나간 채 쓸쓸하게 원점에 서게 된 것입니다.

신지는 마사루를 그림자처럼 따르던 동급생이었습니다. 마사루와 함께하면 외롭거나 슬프지 않았습니다. 어느 날부터인가 마사루가 더이상 학교를 나오지 않자 신지는 그를 쫓아 나섭니다. 그러고는 마사루를 따라 권투를 시작하게 됩니다. 특별히 권투여야만 하는 절박감이 신지에게는 없었지만 마사루와 함께하고 싶었습니다.

스파링 상대가 돼주던 신지는 본의 아니게 마사루를 이겨버리게 되고 이를 계기로 마사루는 도장을 그만두게 됩니다(여기서부터 마사루는 야쿠자의 길을 걷게 됩니다). 그때부터 신지는 혼자 연습을 하게 되고 권투 도장의 유망주로 주목받게 됩니다. 선수 생활도 온갖 유혹이 많습니다. 실패한 선배의 간사한 유혹에 넘어가 체중 조절에 실패하고 약물 복용까지 하게 된 신지는 한판 승부에서 완전히 깨져버리고 링을 떠납니다. 두 젊은이는 전의를 상실하고 지루한 일상으로 돌아옵니다.

엄밀히 말하자면 마사루와 신지의 인생은 실패작입니다. 전문가로 자처할 만큼 자기 분야가 확실한 것도 아니고, 나이에 맞는 학력이 있는 것도 아닙니다. 생활을 세워가는 데 필요한 발판이라곤 하나도 갖춘 게 없습니다. 빈털터리 맨손인 이들이 내세우는 호기는 쓸쓸하다 못해 절망적입니다. 그런데도 그들은 쓰러지지 않습니다. 넘어지기는 하지만 아예 퍼져버리지는 않습니다. 그런 근성의 바탕에는 꿈이 있습니다. 한낱 건달같이 보일지 모르지만 그들 나름대로의 법칙이 있었고 둘은 거기에 충실했습니다. 자신들을 하찮은 인간으로 치부하는 세상에 그 존재를 증명하고 싶었습니다. 백구두에 벤츠를 타고 세상에 외쳐대고 싶었던 겁니다. 우리도 언제까지 삼류인생을 사는 것은 아니라고.

4년째 함께하는
가요@빅뱅 식구들.
우리, 끝까지 함께 가는 거야!

아침 5시 30분에 시작하는 저의 일상은 보통 저녁 8시에 끝납니다. 집에 곧장 들어온다고 해도 9시. 씻고 식구들과 이런저런 얘기하고 나면 어느새 10시 반이 됩니다. 그때부터 12시까지가 혼자 쓸 수 있는 시간입니다. 책을 읽기도 하고 음악을 듣기도 하고 이것저것 정리를 하기도 합니다. 자정을 넘겨서는 안됩니다. 아침방송이 있기 때문입니다. 조금만 삐끗해도 일주일을 잘 보내기가 어렵습니다. 사실 방송 최전방에 나서는 사람들은 좋은 낯빛과 건강한 모습을 지켜야 하기 때문에 방송 이외의 시간을 어떻게 지내는가가 더 중요합니다. 정작 방송을 하는 시간보다 그 한 시간 또는 30분을 위해 준비하는 시간이 더 피곤합니다. 좋은 직업이 아닌 것 같다고요? 그렇긴 하지요. 하지만 어디 100퍼센트 만족스러운 직업이 있겠습니까?

바쁜 일상, 긴장을 요구하는 프로그램, 제한된 개인 시간, 치열한 경쟁……. 자양 강장제 선전에나 나올 법한 문구들로 가득 찬 하루하루를 보내면서도 이나마 자신을 지탱할 수 있는 힘의 원천을 저는 꿈이라고 생각합니다. 물론 제게는 방송을 하는 것 자체가 큰 즐거움입니다. 남들은 그렇게 일하면 힘들겠다고 하지만 저는 방송을 통해 상당부분 저의 옹어리진 마음을 풀고 있습니다.

이제는 따뜻한 방송을 하고 싶습니다. 얼어붙은 마음을 녹여주고 편히 기댈 수 있는 공간을 만들고 싶습니다. 때로는 웃음으로 때로는 다정함으로 사람들의 마음을 토닥거려주고 싶습니다. 물론 제 나이와 어울리지 않는다는 걸 모르지는 않습니다.

나이가 들고 기존의 사회에 편입되면 비전이라든가 꿈이라는 것에 대해 얘기하기를 꺼리게 됩니다. 변화가 불가능할 것 같은 일상 속에서 어떻게 무언가를 꿈꿀 수 있겠습니까? 경우에 따라서는 꿈꾸는 것 자체가 괴로움일 수도 있습니다. 하지만 꿈꿀 수 없다면 고단한 오늘을 어떻게 버텨나갈 수 있을지 난감합니다. 그런 점에서 저는 마사루, 신지들과 한 패입니다. 배움의 차이, 직업의 차이, 능력의 차이, 나이의 차이 따위는 중요하지 않습니다.

영화에서 신지가 묻습니다. "형, 우리 이제 끝난 거야?"

마사루가 대답합니다. "자식, 우린 아직 시작도 안했어."

정말 아직 아무 것도 끝나지 않았습니다.

1등만이 전부인가요?

늘 쫓기는 듯한 느낌이었습니다. 바로 등뒤에서 헉헉 가쁘게 몰아쉬는, 그러나 아직 여력이 남아 있는 듯 규칙적으로 내쉬는 숨소리를 들으며 죽을 힘을 다해 달리는 느낌 아시시요? 1초만 쉬어 가도 등뒤의 경쟁자가 앞질러 가버릴 것만 같은 초조함이 심장을 터질 듯 뛰게 만듭니다. 어렸을 때든, 다 크고 나서든 학교라는 울타리 안에 있는 동안은 계속 그렇게 숨가쁜 달리기를 해왔습니다. 1등을 하지 않으면 뒤쫓아가야 한다는 조바심에 시달렸고, 1등을 하면 그 자리를 지키기 위해 안절부절 어쩔 줄을 몰랐습니다. 평소에는 그저 열심히 하면 되겠지 하다가도, 시험이라든가 무슨 평가라든가 하는 결정적인 순간에는 불안감에 몸을 떨었습니다.

왜 이렇게 넉넉하거나 편안하지 못한 걸까. 1등이 아니라는 이유로 괴로워하는 저를 보면서 아버지께서는 말씀하셨습니다. "선두로 나서면 여

천국의 아이들

감독 마지드 마지디

주연 바하레 세디키, 아미르 파로크 하세미안

장르 드라마, 가족

제작 1997년 이란

기저기서 견제를 받게 마련이란다. 길도 내리막으로 급해지고. 그저 꾸준히 선두의 바로 뒤에서 쫓아가는 입장이 훨씬 좋은 거야. 선두가 얼마나 외로운지 아니?"

그러나 살벌한 견제를 받더라도, 급경사 내리막에 머리가 어질어질하게 된다 하더라도, 로빈슨 크루소만큼 외로워진다 하더라도 1등이 되고 싶었습니다. 상품 따위에는 관심이 없었습니다. 3등에게 주어지는 상품 속에 제게 꼭 필요한 물건이 들어 있을 수도 있겠지만, 필요한 건 상품이 아니라 1등이라는 자리, 그 빛나는 타이틀이었습니다. 짧은 순간이지만 눈앞이 아찔하도록 밝은 1등의 영광, 그게 필요했던 것입니다.

화면에선 열 명 남짓 또래 아이들과 더불어 조금 이상한 아이 하나가 달리고 있습니다. 있는 힘껏 달려서 1등을 차지하려는 욕심도 없고, 그렇다고 '꼴찌면 어떠랴' 식의 배짱을 부리는 것도 아닙니다. 너무 속도를 냈다 싶으면 슬쩍 힘을 빼서 두어 발짝 뒤처지고, 너무 밀려났다는 생각이 들면 힘을 내서 다시 따라붙습니다. 적절히 속력을 내되 최전방에 나서는 것만은 한사코 피하려는 기이한 전술을 구사하고 있는 것입니다.

아이의 목표는 3등입니다. 1등이나 2등은 원하는 바가 아닙니다. 아니, 1등이냐 꼴등이냐 하는 논의 자체가 아이에겐 헛된 짓입니다. 필요한 건 3등 상품으로 주어지는 운동화지 등수가 아니기 때문입니다. 동생에게 신발을 마련해주기 위해서는 꼭 3등을 해야 한다는 필연만이 존재합니다. 어찌어찌하다가 동생의 신발을 잃어버린 아이는 아버지가 알게 되면 휘몰아칠 집안의 폭풍우가 두렵습니다. 허리디스크로 고생하는 어머니, 무능력하면서도 허세만 부리는 아버지, 집안 일을 열심히 돕는 착한 여동생. 아이의 머릿속에는 그들의 얼굴이 차례로 지나갑니다. 집안에서 큰소리가 나지 않게 조용히 문제를 해결하자면 눈치껏 잘 달려서 3등을 차지하는 길밖에 없습니다. 혼나는 게 무섭기도 하지만 새 신을 사줄 돈이 없는 부모님이 속상해하는 게 더 싫습니다.

독일 로텐부르크의 X-mas 숍.
이곳은 1년 내내 성탄절이에요.

남매는 운동화 한 켤레를 번갈아 신어가며 학교에 다닙니다. 동생의 하교시간이 늦어 오빠가 지각을 하기도 하고 운동화가 없어 축구 대회에도 참가하지 못합니다. 이 모든 갈등을 한 번에 해결하는 방법은 달리기 대회에 나가서 3등을 하는 것뿐입니다. 1등과 2등에게 더 화려한 영예와 상품이 주어지지만 아이에게는 오직 3등만이 목표였습니다. 당장 필요한 운동화는 3등에게만 주어지는 상품이었기 때문입니다.

하지만 '세상에 뜻대로 되는 일이란 흔치 않다'는 사실을 알기에는 아이의 나이가 너무 어렸습니다. 최선을 다해서 3등을 노렸건만, 결과는 천하에 쓸모없는 1등입니다. 경쟁자들의 부러운 눈길을 받으며 인터뷰를 하고 선생님의 축하를 받지만, 아이는 놓쳐버린 운동화가 그저 눈물겨울 뿐입니다.

한번도 3등을 목표로 살아본 적은 없었습니다. 할 수 있든 없든 간에 저의 목표는 1등이었습니다. 은메달을 따고 우는 선수들은 세상에 대한민국 선수들밖에 없다면서요? 아마 저와 같은 교육을 받고 자랐기 때문일 겁니다. 어려서부터 1등이 가장 좋은 것이라고 생각했기 때문에 그 자리를 차지하기 위해 끊임없이 노력했습니다. 1등이 왜 좋은가에 대해서는 한번도 생각한 적이 없습니다.

아나운서가 되고 나서는 제가 몸담고 있는 분야에서 1등이 되고 싶었

꼬마돼지 베이브야!
너도 양치기 대회에서
1등을 하고 싶었니?

습니다. 물론 '종합 우승'을 하고 싶었지만, 방송에는 워낙 분야가 많아서 모든 영역에서 1등을 한다는 건 불가능합니다. 자기 분야에서 1등을 한다는 것 또한 쉬운 일은 아닙니다. 한번 차지한 자리를 계속 지킨다는 건 더 어려운 일입니다. 개편 때면 언제나 '새 술은 새 부대에' 라는 얘기가 나옵니다. 소비자들이 늘 새로운 것을 찾고 있는 까닭에 방송국으로서도 어쩔 수 없는 일입니다. 결국 한쪽에서는 프로그램을 진행하고 있고 또 한쪽에서는 그 자리에 새로 앉힐 사람을 뽑는 오디션을 실시하는 진풍경이 벌어집니다.

사실 방송에 1등이나 꼴찌라는 게 있는지도 분명치 않습니다. 무얼 기준으로 삼느냐에 따라서 1등으로 평가받던 프로그램이 꼴찌로 떨어지는 경우도 얼마든지 있을 수 있습니다. 흔히들 시청률이나 청취율을 기준으로 1등과 꼴찌를 가릅니다. 많은 사람들이 보고 듣는 프로그램을 만드는 사람들은 자연스럽게 1등 방송인으로 등극합니다. 1등이 되면 봄가을 프로그램 개편 때 자리를 잃어버릴까봐 마음 졸이는 일은 없습니다. 개편 무풍지대에 진입하게 되는 것입니다. 자리를 지키기 위해서든, 자존심을

완벽한 사람이 되기를 포기하면
인생이 편해집니다.

지키기 위해서든, 성취 욕구를 만족시키기 위해서든 아무튼 모두들 1등
이 되기 위해 열심히 뜁니다. 그렇게 달리는 사람들 틈에 저도 끼여 있습
니다.

얼마 전부터 1등을 차지하려고 달리느라 놓쳐버린 게 너무 많다는 생
각이 떠나질 않습니다. 방송을 하면서 하루하루 느끼는 즐거움, 가족들
과의 따뜻한 시간, 친구들과의 만남, 여유 있는 마음……. 사실 언론사를
선택한 것도 대학교 4학년 당시에 가장 인기 있던 직종이 언론사였기 때
문이었습니다. 다른 직업도 많은데 사람들이 다 좋다고 하니까 그게 멋
져 보였습니다. 1등 직업을 택하고 싶었던 겁니다. 하지만 그렇게 10여
년이 흐른 지금, 함께 언론사 공부하다가 포기하고 다른 직업을 택한 친
구들이 훨씬 느긋하고 풍요로워 보일 때가 있습니다. 결혼한 뒤에 가정
생활과 병행하기도 더 수월해 보이고 시간도 넉넉해 보입니다.

서러운 1등을 먹어버린 소년의 눈물어린 얼굴과 교차되어 퇴근하는 아
버지의 자전거에는 동생의 새 구두가 실려 있었습니다. 도대체 천국과는
상관없어 보이는 영화의 끝은 이렇게 끝납니다. 자기에게 필요한 것이

무엇인지 정확히 알고 더이상 욕심 부리지 않은 사람만이 천국의 행복을 느낄 수 있다는 메시지라고 믿습니다.

아직도 저는 달리고 있습니다. 여전히 1등을 하고 싶은 마음을 버리지 못했습니다. 놓지 못한 미련 때문에 한 발짝 한 발짝 내딛는 걸음이 조심스럽기만 합니다. 여기까지 와서 허방을 짚는다는 건 억울한 노릇입니다. 하지만 제가 언제까지 이렇게 달릴 수 있을까요? 점점 마음이 조급해집니다. '시간이 없어. 내게 남은 방송 수명은 앞으로 길어야 5,6년 정도 아닐까?' 자꾸자꾸 내달리게만 됩니다. 그리고 그만큼 마음은 파삭파삭 사막이 되어갑니다.

1등을 못한다고 해도, 허방을 짚는다고 해도, 거기에서 또 길이 있지 않을까요? 잘되건 못되건 그리 큰 차이는 없을 겁니다. 힘닿는 데까지 달리고 그래서 얻은 결과에 만족하는 법을 배워야겠습니다. 1등에만 매달리는 마음을 버리기 전에는 천국 근처에 얼씬거리지도 못할 테니까 말입니다.

영화와 함께 인생을

영화 보기를 좋아했습니다. 영화 보기를 좋아한다는 게 곧 영화에 대해 잘 안다는 뜻은 아니라고 생각합니다. 영화에는 전문 지식 없이도 몰입할 수 있게 만드는 독특한 무언가가 있습니다. 저는 그야말로 영화 보기를 좋아하는 사람입니다.

주변에는 영화 공부를 하는 친구들이 제법 있고, 딱히 내세울 경력은 없어도 영화에 대해 전문가 못지 않은 비평을 술술 풀어내는 동료들도 적지 않습니다. 하지만 저는 유명 배우들의 이름조차 잘 기억하지 못합니다. 기억력이 나쁜 탓입니다. 당연히 감독들의 작품을 꿰고 있거나 사조 별로 경향을 분석해내는 날카로움도 없습니다. 엄청나게 많은 영화를 본 것도 아니고 그냥저냥 남들이 재미있다는 영화를 빼놓지 않고 보는 정도였습니다. 하지만 기죽을 이유도 없고 그럴 마음도 없습니다. 그렇게 해부해가면서 영화를 보고 싶은 생각은 없습니다. 느낌이 좋으면 그

시네마 천국

감독 주세페 토나토레
주연 자크 페랭, 필립 느와레
장르 드라마
제작 1988년 이탈리아

걸로 만족합니다.

방송사에 입사한 뒤로 영화를 보러 가는 일이 부쩍 늘었습니다. 몇 개의 고정 프로그램에 묶여 하루 나들이조차 쉽지 않은 저로서는 스크린에 눈길을 고정시키는 두 시간이 가장 멀리 떠날 수 있는 길입니다. 문화부 선배를 둔 탓에 시사회에 따라갈 수 있는 기회도 자주 있었습니다. 한동안 일주일에 두세 편 징도 꾸준히 보러 다녔습니다. 공짜를 좋아하는 심성 때문이었나?

그러다가 영화 프로그램 〈시네마 데이트〉를 진행하게 되었습니다. 취미가 일이 되니 좋더군요. 이미 본 영화들을 가지고 얘기를 하다 보니 자신감이 생겼습니다. 물론 제가 본 영화만 소개한 것은 아니었습니다. 대략 반 정도는 안 본 영화들이었습니다. 프로그램을 진행하다 보니 본의 아니게 영화를 안 보고도 본 것처럼 얘기하는 일이 잦아졌습니다. 방송국 동네에서 같이 사는 사람들끼리 쓰는 말로 '원고 소화를 잘하는' 사회자가 됐습니다. 사실 사회자는 자기가 모르는 얘기라고 해서 머뭇거리거나 확신 없는 태도를 보이면 안된다는 게 불문율처럼 되어 있습니다. 저 역시 영화에 대해 조예가 깊은 것처럼 보이고 싶었습니다. 어떤 감독에 대해 설명할 때도 녹화 전에 겨우겨우 감독의 이름을 외운 형편에 마치 그의 작품 세계를 꿰뚫고 있는 것처럼 얘기했습니다. 이미 눈치 채셨나요?

시간대는 다르지만 어느 방송국에든 영화 프로그램이 있습니다. 그러다 보니 시청률에 시달렸습니다. 이번 주에 개봉하는 영화들의 테이프를 어렵게 구해다가 방송할 수밖에 없었습니다. 누가 그런 법칙을 세운 것은 아니었지만 새로운 영화 테이프를 구하느냐 못 구하느냐가 능력의 기준이 됐습니다. 영화를 보러 갈 시청자들을 위한 배려는 생각할 수도 없는 분위기입니다. 영화관을 찾지 않더라도 그 영화를 본 것 같은 기분이 들 정도로 영화의 중요 장면들을 모두 내보냈습니다. 우선 대중의 시선을 끌어야 한다는 강박증에 시달렸습니다. 감동적인 내용의 영화라도 흥행에 자신이 없으면 감히 그 내용을 소개할 수 없었습니다. 참 신기하게도 예술성 있다는 영화가 소개되면 시청률은 낮아졌습니다. 이러저러해서 제살 깎아먹기인 줄 알면서도 영화 발가벗기기와 자극적인 영화들이

〈시네마 데이트〉
영화를 좋아하는 내게
이런 프로가 주어지다니… 야호!

TV 안에서도 판을 치게 되었습니다.

저에게 영화는 더이상 예전의 영화가 아니었습니다.

〈시네마 천국〉에서 토토에게 영화는 어떤 존재였을까요? 토토와 알프레도 아저씨와 그리고 영화 이야기. 영화관은 알프레도 아저씨의 일터입니다. 하루종일 영사실에 앉아 영화를 돌리고 또 돌립니다. 크리스마스나 휴일에는 더더욱 바빠집니다. 텔레비전도 없고 게임기도 없고 오직 영화밖에 없던 시절, 사람들은 저녁이면 동네 극장으로 모여들었습니다. 거들먹거리기 좋아하는 동네 유지에서부터 거리의 창녀까지 모두 한자리에 모입니다. 영화 속 주인공이 되어 함께 눈물을 흘리고 함께 폭소를 터뜨립니다.

그 중에서도 영화의 마력에 흠뻑 빠진 꼬마 토토는 영사기를 돌리는 알프레도 아저씨가 세상에서 가장 멋져 보였고 그 일이 너무나 하고 싶었습니다. 그들에게 영화는 전부였습니다. 영화를 보며 인생의 의미를 깨닫고 압축된 진리를 찾아냅니다. 그들이 찾는 모든 것이 영화 안에 들어 있었습니다. 요즘같이 두 시간 킬링 타임으로 보는 영화와는 확실히 틀리겠지요. 영화 속 주인공의 대사를 통해 대화를 나누는 두 사람. 결국 토토가 더 넓은 세상으로 나아가도록 알프레도 아저씨는 그를 떠나 보냅니다. 그리고 언제나 같은 자리에서 토토를 그리워합니다.

마지막 장면에서 토토는 알프레도 아저씨가 선물로 남기고 간 영화 필름을 봅니다. 그 필름들을 보면서 토토는 때로는 웃음으로 때로는 울음으로 얼어버린 감정을 풀어냅니다. 이룰 수 없었던 사랑, 전쟁터에 나가 돌아오지 않는 아버지에 대한 그리움, 혼자 된 어머니에 대한 안쓰러움, 알프레도 아저씨와의 즐거운 기억, 화재로 아저씨를 잃을 뻔했던 나쁜 기억까지, 한 장면 한 장면마다 떠오르는 모습들. 알프레도 아저씨는 잘려진 필름을 이으면서 무슨 생각을 했을까요?

누구든 저마다 하나씩 영사기를 마음에 품고 삽니다. 가끔은 힘들고 괴로웠던 시절의 필름을 틀어놓고 오늘의 풍요에 감사합니다. 고통스러운 시간을 견뎌나가는 이들은 화사하고 아름다운 기억이 담긴 필름을 돌려가며 '쨍하고 해뜰 날'을 기대합니다. 영화 프로그램을 진행하면서 그런 영화들을 선사하고 싶었습니다. 서로 상관없어 보이지만 보는 이 한 사람 한 사람의 기억들을 이어줄 수 있는 영화를 소개하고 싶었습니다. 토막토막 끊어진 필름들을 이어주는 역할을 하고 싶었습니다. 기억 저편

기대고 싶은 혜례 선배,
내겐 너무나 과분한 후배 해연.

에 숨어 있는 상처들을 꺼내어 위로해주고 싶었습니다.

하지만 '하고 싶다'와 '할 수 있다' 사이의 거리는 멀고도 멀었습니다. 물론 여러 사람들이 모여서 함께 만드는 프로그램이었지만, 책임은 저에게도 있었습니다. 간간이 의견을 내기는 했지만 시청률에 따라 분위기가 살벌하게 변했기 때문에 그런 얘기는 그저 이상론자의 주장일 뿐이었습니다. 더 적극적으로 의견을 모으고 공론화시켰어야 했는데 분위기에 휩쓸려 저 또한 시청률에 급급했습니다. 사실 저는 그 자리에 있어도 그만 없어도 그만인 MC였습니다. 누구라도 할 수 있는 역할만을 했고 〈시네마 데이트〉는 그렇게 막을 내렸습니다. 아쉽습니다.

지금은 다시 영화를 즐겨 보고 영화 프로를 즐겨 보는 위치로 돌아왔습니다. 얼마 전 이정향 감독을 인터뷰하면서 모든 작품에는 믿음과 확신이 필요하다는 것을 알았습니다. 대표 선수 하나 없는 영화를 어떻게 만들 수 있었는지, 안전장치 하나 없어서 불안해 보였다고 하니까 그녀는 믿었다고 하더군요. 누구에게나 외할머니는 있을 테고 그 사이의 이야기, 그리고 사람들 사이에 진심은 통할 것이라는 확신을 가지고 있었기 때문에 그리 걱정하지 않았다고 했습니다. 그녀의 영화가 잘되어서 다행입니다. 후배들도 그런 확신을 가지고 영화 프로그램을 만들어주기를 기대합니다.

3

내 사랑 언니

걷다 보면 언제나 언니보다 한두 걸음 뒤였습니다. 앞서가거나 최소한 나란히 가고 싶어서 속력을 내보지만, 팔 뻗으면 닿을 것만 같은 거리는 좀처럼 좁혀지지 않았습니다. 잡힐 듯 잡힐 듯 앞서가는 언니의 뒤를 좇다가 제풀에 지쳐 포기하기를 몇 번이나 했는지 모릅니다. 그런 순간에도 언니는 가쁜 숨 하나 내쉬지 않고 그야말로 '구름에 달 가듯' 잘도 달아났습니다.

언니는 모든 면에서 뛰어났습니다. 함께 레슨을 받기 시작한 피아노도 언니는 그 또래들에 비해 월등하게 잘 쳤습니다. 언니의 연주를 들으면 도저히 따라갈 수 없을 것 같은 실력 차이가 아프게 느껴져서 피아노 앞에 앉기가 싫어질 정도였습니다. 두 살이라는 나이차 때문일 거라고 스스로를 위로했습니다. 어린시절 2년이면 상당한 차이라고 믿고 싶었습니다. 하지만 아무리 그렇게 생각해도 마음 한쪽을 지그시 누르는 패배감

조지아

감독 울루 그로스바드
주연 제니퍼 제이슨 리, 메어 위닝햄
장르 드라마
제작 1995년 미국·프랑스

을 완전히 떨쳐낼 수는 없었습니다. 똑같이 레슨을 시작했다가 똑같이 끝냈으니 결국 2년의 간극을 좁히지 못한 채 제1회전, 피아노 실력 대결은 끝이 난 셈입니다.

　우리는 같은 초등학교를 다녔습니다. 저는 선생님들 사이에서 황동희(언니의 이름입니다)의 동생으로 통했습니다. 착실하고 공부 잘하는 언니는 선생님들과 친구들 사이에서 최고의 인기를 구가하고 있었습니다. 그게 꼭 기분나빴다는 뜻은 아닙니다. 무슨 이유로든 선생님들이 알아봐준다는 사실이 어깨를 으쓱하게 했습니다. 하지만 무임승차의 찜찜함은 여전히 남아 있었습니다.

　학년이 올라가면서 언니는 성적에 더욱 두각을 나타내기 시작했습니다. 언니의 별칭은 '공부 잘하는 딸'이었습니다. 이웃 어른들이 저를 가리키며 "이 집 공부 잘하는 딸이 애예요?"라고 물으면 부모님은 "그 앤 지금 집에 있어요"라고 바로잡아 주셨습니다. 찌르는 듯 격렬한 통증이 지나갔습니다(서운했던 기억이 한참을 갔는데 나중에 여쭤보니 부모님은 그런 기억 없다고 하시더군요). 물론 일방적으로 언니에게 치여 살았던 것은 아닙니다. 언니가 공부 잘한다는 칭찬을 듣는 대신 저는 귀엽다는 얘기를 들었습니다. 하지만 한창 시샘 많을 어린 나이의 저에게는 '나는 공부를 못하니까 칭찬할 게 그거밖에 없구나' 라는 섭섭함으로만 다가왔습니다.

합창대회 날이 오면 언니는 늘 지휘를 맡았습니다. 중학교 때부터 줄곧 있던 일이었습니다. 언니가 지휘를 한 학급은 특별한 이변이 없는 한 입상을 했고 전체 대상을 받기도 했습니다. 당연히 영광은 언니에게 돌아갔습니다. 저도 지휘자가 되고 싶었습니다. 등을 돌리고 서서 손을 멋스럽게 휘두르며 60명의 화음을 만들어내는 지휘봉을 갖고 싶었습니다. 하지만 제겐 그런 기회가 영영 주이지지 않았습니다. 다시 한번 안간힘을 써도 넘을 수 없는 벽을 느끼는 순간이었습니다.

언니가 대학에 입학했을 때, 저는 꼭 언니가 들어간 대학에 진학하겠다고 결심했습니다. 어떤 과목을 전공하고, 장차 어떤 사람이 되겠다는 생각보다 무조건 언니와 똑같아져야겠다는 일종의 강박관념이었습니다. 지금 생각해보면 철없는 고등학교 1학년 학생의 어이없는 생각이지만, 당시로서는 절체절명의 과제였습니다.

2년 뒤, 저는 결국 언니와 같은 대학에 들어가는 데 실패했습니다. 또한 번 깊은 좌절이 마음을 휘젓고 지나갔습니다. 하지만 그게 끝은 아니었습니다. 이번엔 테니스와 일어 공부가 문제였습니다. 언어와 운동에 남다른 애정을 가지셨던 아버지는 딸들에게도 테니스와 일어 공부를 적극적으로 권하셨습니다. 열심히 한다고 했지만 좀처럼 발전을 보이지 않는 실력에 저는 싫증을 느끼고 포기해버렸습니다. 그러나 언니는 끈질기게 열심히 해서 테니스 대회에서 트로피를 타오는가 하면 일본인과 대화를 나누는 데 전혀 무리 없는 일본어 실력을 갖추었습니다. 가뜩이나 패배감에 시달리는 저에게 아버지의 한마디는 치명타에 가까웠습니다. "언니 좀 본받아라. 언니는 끈기가 있잖니."

영화 〈조지아〉의 주인공 새디는 클럽에서 블루스를 부르는 무명 가수입니다. 반면에 어린시절 함께 가수의 꿈을 키웠던 언니 조지아는 세상이 다 알아주는 컨트리싱어가 됐습니다. 여기저기 떠돌면서 노래를 부르는 3류 가수와 엄청난 인기를 얻고 있는 유명 가수의 삶은 천당과 지옥이란 비유가 무색할 만큼 차이가 납니다.

새디에게 삶이란 춥고 고달픈 나날들을 의미했습니다. 그룹 멤버와 사랑을 하고 그 사랑이 깨지면 떠나버리는 일들이 되풀이됩니다. 누군가의 따듯한 어깨에 기대고 싶지만 아무도 어깨를 빌려주려 하지 않습니다. 가족도 따듯한 울타리가 되지 못합니다. 아버지는 언제나 언니의 목소리에만 관심과 기대를 가질 뿐 새디에게는 무관심으로 일관합니다. 아버지의 사랑을 받으려고 무진 애를 써봐도 냉담한 반응만 돌아올 따름입니

'제 언니가 황동희예요.'

다. 자신이 무명에 머물러 있다는 사실 자체도 견디기 힘든 부담이지만, 언니의 대성공과 비교될 수밖에 없는 상황이 더욱 고통스럽습니다. "저는 새디입니다"라고 소개하는 것보다 "제 언니가 조지아예요"라고 얘기할 때 더 큰 반응이 나오는 걸 보면서 새디는 괴로워합니다. 통증을 조금이나마 줄여보려는 절박함에서 새디는 술과 담배와 마약에 절어 삽니다.

한편, 언니 조지아의 삶은 탄탄대로를 걷습니다. 그녀가 기타를 들고 나서면 공연장을 빽빽히 메운 관중들이 일제히 환호를 올립니다. 당연히 삶은 풍족하고 여유가 있습니다. 동생과는 달리 언니는 착실하게 가정을 이루고 아이를 낳아가며 성공적인 인생의 행로를 차근차근 밟아가고 있습니다.

언니는 말썽꾸러기 동생의 뒤치다꺼리도 말없이 감당합니다. 싫든 좋든 새디에게 비빌 언덕은 언니밖에 없습니다. 마약중독으로 더이상 몸이 견뎌낼 수 없는 상태가 됐을 때도 언니를 찾습니다. 그런 언니에게 새디는 자랑스러움과 함께 깊은 열등감을 느낍니다. 신세를 지고 있는 주제에 '그렇게 풍족하게 살면서 인생의 고통이나 삶에 대한 열정을 어찌 알겠느냐'는 식의 비난을 퍼붓는 것도 뒤집어보면 열등감과 선망의 표현에 지나지 않습니다. 영화의 마지막 무대에서 열창을 한 뒤 내뱉은 한마디 말이 그녀의 진심을 낱낱이 드러냅니다. "언니보다는 잘하지 못해요."

영화 〈조지아〉를 제가 어떤 느낌으로 감상했을지 여러분도 넉넉히 짐작하시리라 믿습니다. 언니의 그늘에서 벗어나지 못한 주인공 새디와 동질화되는 데는 채 5분이 걸리지 않았습니다.

끝까지 언니로부터 벗어나지 못했던 새디에 비하면 저는 운이 좋았습니다. 언니와 180도 다른 길을 가게 되면서 저는 차츰 그 그늘을 벗어날 수 있었습니다. 대학에 들어갈 때까지는 공부와 성적 외에 별다른 평가 기준이 없었던 데 반하여 성인이 되면서 수많은 기준이 새로 생겨난 덕분이었습니다. 친구들을 만나고 동아리 활동을 하면서 언니와 중첩되지 않는 분야에서 저도 상당한 '실적'을 쌓게 됐습니다. 늘 언니의 뒤꼭지만

황동희·황정민 자매의
비키니 사진 최초 공개.

보고 달리던 저로서는 새로운 경험이었습니다.

경쟁의식에 찌들어 살았던 지난날들을 객관적으로 볼 수 있는 눈도 생겼습니다. 뭐든지 언니에게만 허락되었다고 생각했던 일들이 저에게도 똑같이 열려 있었습니다. 제가 입을 삐죽거리면 아버지는 제 손가락을 깨물곤 하셨습니다, 안 아픈 손가락 있느냐면서. 부모님은 똑같이 기회를 주셨고 지켜봐 주셨지만 늘 뒤처지는 입장에서는 편파적이라고 강짜를 부릴 수밖에 없었습니다. 어리고 속 좁은 일이지만 그런 아이였지요. 그저 동생이니까 다 좋게좋게 넘어가준 언니가 고맙습니다. 요즘 들어 언니를 보면 동료애가 느껴집니다. 언니는 편안하고 넉넉해서 같이 있으면 마음이 편안해집니다. 어린시절 언니한테 인색하게 대했던 것이 미안해집니다. 돌이켜 보면 대부분 지나친 피해의식이 불러온 과잉반응이었습니다.

누군가의 성공에 대해 질투의 감정이 들 때, 조지아와 새디를 생각하게 되고 제 자신과 언니를 생각하게 됩니다. 경쟁은 피할 수 없는 것이지만 질투는 부정적인 감정에 지나지 않는다는 것을 잘 알고 있습니다. 경쟁 자체는 선한 것일 수 있고 발전을 위해 필요한 도구이기도 하죠. 최선을 다하되 승패에 집착하지 말아야겠다는 명언, 수업료를 톡톡히 낸 덕택에 제 마음속에 깊게 새겨져 있습니다.

오빠의 청춘

대학생이었던 오빠는 늘 늦게 들어왔습니다. 하루가 멀다하고 아버지한테 야단을 맞으면서도 새벽에야 귀가하곤 했습니다. 중학생인 저로서는 오빠가 무슨 일을 하고 다니느라고 그렇게 밤늦게까지 쏘다니는지 도무지 이해할 길이 없었습니다. 공부를 하느라고 늦는 것 같지는 않고, 그렇다고 매일 여자 친구를 만나서 밤을 지새웠을 리도 없고, 술을 마시고 잠들었다 동튼 뒤에 들어오는 것 같지도 않았습니다.

그렇게 한참을 보낸 뒤에야 늦은 귀가의 비밀이 드러났습니다. 오빠가 웬 쇳덩어리를 핑크색 포장지로 감싸서 들여왔던 게 실마리가 됐습니다. 보물단지를 모시듯 조심스럽게 집 안으로 밀반입(?)했던 쇠뭉치의 정체는 드럼이었습니다. 그것도 전부가 아니라 드럼을 구성하는 세트 가운데서 발장단을 치면 쨍 하고 소리를 내는 부분뿐이었습니다. 드럼이라고 할 수도 없는 그 드럼을 오빠는 신주단지 모시듯 들여다보고 또 들여

와이키키 브라더스

감독 임순례
주연 이얼, 박원상, 류승범
장르 드라마
제작 2001년

다봤습니다.

드럼을 한꺼번에 다 살 돈은 없고, 조금씩 사 모아 완성된 드럼을 가져 보는 것이 오빠의 소원이었습니다. 오빠의 커다란 책상 위에는 악보와 '나는 음악을 사랑한다, 영원히' 라는 표어가 붙어 있었습니다. 무언가 그렇게 열정적으로 좋아하는 모습은 그게 처음이었습니다. 꽤 오랜 시간 동안 오빠는 그렇게 음악에 심취해 있었습니다. 당연히 성적은 안 좋았고 아버지를 비롯한 식구들과의 갈등은 심해만 갔습니다. 저런 면이 있었나 싶을 정도로 오빠는 음악에 빠져 있었습니다.

언젠가 아버지가 장기출장 가시고 어머니가 많이 편찮으신데도 아랑곳하지 않는 오빠가 미워서 '차라리 집을 나가라' 는 내용의 편지를 썼습니다. 동생의 쌀쌀맞은 편지가 충격적이었는지 한동안 오빠는 일찍 들어왔습니다. 그리고 차츰 갈등도 진정이 돼갔습니다. 그 뒤로 어떤 과정을 거쳐 오빠가 음악을 포기했는지는 전혀 기억나지 않습니다. 뒤늦게 공부하느라고 고생하던 오빠의 모습만 남아 있습니다. 신주단지였던 드럼에는 뽀얗게 먼지가 쌓여갔고 오빠의 꿈에도 더께가 덮여갔습니다.

오빠는 아직도
음악을 사랑할까?

　영화 〈와이키키 브라더스〉를 보면서 오빠가 떠올랐습니다. 오빠가 음악을 계속 했으면 저렇게 되었을까? 고등학교, 아니 대학교 때까지도 기타를 치고 음악을 하겠다는 꿈을 품는 사람은 많습니다. 열정을 다해 노래를 부르고 연주를 하고 팬들로부터 아낌없는 사랑을 받고…….. 가장 매력적인 일 중에 하나지요.

　'와이키키 브라더스'를 이끌어가는 성우는 고등학교 시절부터 그룹을 만들어 활동하던 스쿨밴드 출신입니다. 그는 동네 오브리 밴드의 기타리스트로부터 기타 연주법을 사사받고 사회로 나와서 정식 가수가 됩니다. 가수라는 직업에 정식이라는 게 있는지 모르겠습니다. 〈가요 Top 10〉에서 1등상을 받는 가수부터 삼류 카바레에서 밤무대를 뛰는 가수까지 노래를 부르는 사람이라면 모두 가수 아닌가요? 그도 처음부터 삼류 가수를 꿈꿔왔던 건 아니었을 겁니다.

　어쨌든 그는 가수가 되었습니다. 함께 음악을 하던 친구들은 약사로 환경 운동가로 구청 공무원으로 서로 다른 길을 걷고 있었습니다. 그저 서로의 옛 기억에 의지하여 술잔을 나누고 노래방에 가서 토하듯이 노래를 불러댔지만 그 중에서 여전히 음악을 떠나지 않은 건 성우뿐이었습니다.

그러나 지금껏 음악을 하고 있다는 게 꿈을 이루었다는 뜻은 아닙니다. 그룹 활동을 하던 동료들이 하나 둘씩 떠나가지만, 한때 꿈을 나눴던 동료를 붙잡을 수도 없습니다. 넉넉한 생활도, 대중의 인기도, 치열한 예술혼의 구현도, 그 무엇도 장담할 수 없기 때문입니다. 비전이라는 것은 불투명할 뿐이고 떠돌이 생활에 제대로 가정을 이룰 수조차 없는 형편입니다. 취객의 노래 시중을 드는 기타 주자로 끼니를 때우는 그에게 내일은 잿빛입니다.

오빠는 회사원이 되었습니다 딸 셋에 아들 하나를 둔 어깨가 무거운 가장 노릇을 하고 있습니다. 일주일에 한 번씩 가족이 모이지만 조카들

오빠와 나는 요즘도
노래방에 가면 마이크를
놓지 않는다

밥 먹이고 놀아주다 보면 우리들끼리는 안부 물을 시간도 없습니다. 가끔 오빠를 보면 궁금해집니다. 오빠도 피가 뜨겁고 하고 싶은 것 많은 사람이었을 텐데, 지금은 그때가 그립지 않은지. 조카들이 나중에 커서 아빠 같은 사람하고 결혼할 거라고 말하는 걸 들었습니다. 오빠가 좋은 아빠로 살고 있구나 생각이 들면서도 잃어버린 오빠의 꿈을 생각하면 마음이 아립니다.

오빠의 드럼은 아직도 우리 집 어느 구석엔가 먼지를 뒤집어쓴 채 남아 있습니다.

순자 언니

박순자. 남의 이름을 가지고 이러니저러니 해서 안됐습니다만, 아무래도 세련된 느낌이 드는 이름은 아닌 것 같습니다. 푸근하고 넉넉한 느낌이라면 몰라도 도회풍의 날렵하고 깔끔한 이미지와는 거리가 있어보입니다.

어린시절, 우리 집에는 그 이름만큼 소박하고 정이 많은 박순자 언니가 살고 있었습니다. 이웃 아주머니의 소개로 순자 언니는 우리집에 오게 되었습니다. 삼남매를 키우며 집안 살림을 하는 어머니를 돕기 위해서였습니다. 둥그런 얼굴에 쌍꺼풀 없이 가는 눈, 뭉뚝한 복코에 키가 작고 통통한 언니였습니다.

인상적인 것은 언니의 먹성이었습니다. 끼니를 서르는 사람들이 적지 않던 그 시절, 빠듯한 시골 살림에 양껏 먹어본 날이 많지 않아서였을까요? 부엌 살림이 분주해서 한가하게 앉아 식사를 할 틈이 없어서였을까

집으로…

감독 이정향
주연 김을분, 유승호
장르 드라마
제작 2002년

요? 아무튼 언니는 숱째 들고 밥을 먹는 날이 많았습니다. 반찬 타령 따
위는 끼여들 여지가 없었습니다. 흰 쌀밥에 김치 한 가지만 있어도 고봉
으로 한 그릇은 뚝딱이었습니다. 언니가 한입 가득 밥을 씹으면서 내는
사각사각 소리는 참 듣기 좋았습니다. 철없는 우리 삼남매가 '돼지 언니'
라고 놀려도 단 한번 얼굴을 찡그리는 적이 없었습니다. 놀리면 놀리는
대로 한없이 사람 좋은 웃음을 얼굴 가득 피워올릴 뿐이었습니다.

그날은 오빠의 생일이었습니다. 어린아이들에게 생일이 얼마나 특별
한 의미를 갖는지 아시지요? 친구들이 건네는 축하의 말, 엄마 아빠로부
터 받는 선물, 한 상 가득한 맛있는 음식들……. 이 모두가 생일을 손꼽
아 기다리게 만드는 아기자기한 소품들이지만, 역시 하이라이트는 촛불
을 끄고 케익을 자르는 '신성한' 의식이 아니겠습니까? 그날 잔치의 주
인공이었던 오빠도 그 순간을 초조하게 기다렸을 겁니다.

드디어 방안에 불이 꺼지고 문이 열렸습니다. 이어서 등장한 순자 언
니. 손에는 환하게 촛불을 밝힌 케익이 들려 있었습니다. 어린 하객들은

모두 와~ 함성을 질렀습니다. 하지만 불과 몇 초 만에 함성은 오빠의 비명과 손님들의 탄식으로 바뀌어버렸습니다. 케익이 토막토막 잘려 있었던 것입니다.

순자 언니는 한번도 케익을 먹어보지 못했습니다. 케익을 앞에 놓고 벌이는 생일 잔치 따위는 본 적도 없습니다. 언니에게 생일 케익은 주인공에게 기쁨과 환상을 주는 소품이 아니라 크고 둥근 빵에 지나지 않았습니다. 그래서 평소 하던 대로 먹기 좋게 잘라가지고 왔던 것입니다.

메인 이벤트를 망쳐버린 순자 언니에게 오빠는 불같이 화를 냈습니다. "촛불을 끄지도 않았는데 케익을 잘라가지고 오면 어떻게 해!" 그 맹렬한 기세에 놀란 순자 언니는 당황한 나머지 방을 뛰쳐나가 버렸습니다. 지금 같으면 얼마든지 웃어넘길 일이지만, 그때 우리는 너무 어렸습니다.

그날의 마지막 기억은 순자 언니가 미안한 나머지 거리를 헤매다가 조그만 케익을 사가지고 집에 돌아온 것입니다. 오빠가 그것으로 화를 풀었는지, 그 케익을 우리가 나누어 먹었는지는 기억나지 않습니다. 다만, 미안함으로 가득 찬 순자 언니의 얼굴과 떨리는 목소리가 머릿속에 남아 있을 뿐입니다. 월급이라고 해야 집에 부치기도 빠듯했을 텐데, 그걸 쪼개서 케익을 사온 언니의 마음이 긴 세월을 건너와서 마음을 아프게 합니다.

순자 언니는 저와 함께 글을 배웠습니다. 서로 가르쳐주기도 하고 놀리기도 하면서 친구처럼 재미있게 공부를 했습니다. 저는 종종 언니가 살던 부엌 문간방에서 놀았습니다. 그러다 잠들면 언니는 저를 안아서 제 방에 뉘어주었습니다. 애가 셋 있는 집 살림을 맡아하면서 애들하고 놀아주는 것도 큰일일 텐데 짜증 한번 내지 않았습니다. 어느 날인가는 친구 집까지 저를 데리러 온 순자 언니에게 하인을 대하는 옛날 상전의 흉내를 내기도 했습니다. "음, 왔는가? 자 어서 날 업고 집으로 가게나!" 아무리 어린아이 장난이라 해도 스무 살 큰아기로선 불쾌할 수도 있고 창피스러울 수도 있는 상황이었지만, 언니는 말없이 등을 내밀었습니다.

　언니의 고민은 '박순자'라는 이름이었습니다. 언니의 표현에 따르자면 '왠지 촌티를 벗어버릴 수가 없고 이름 때문에 일이 잘 안 풀린다'는 것입니다. 언니는 큰맘먹고 작명소의 도움까지 받아가며 이름을 바꿨습니다. 영희였는지 선희였는지 정확히 기억나지 않습니다. 제가 듣기에는 오십보 백보였는데 언니는 꽤 만족하는 눈치였습니다. 그래도 우리는 여전히 그녀를 '순자 언니'라고 불렀습니다.

　그렇게 순진하고 마음씨 고운 순자 언니는 시집갈 나이가 차서 고향 집으로 돌아갔습니다. 그 이후로 다시는 언니를 보지 못했습니다. 순자 언니 남편이라는 사람이 일자리를 구해달라는 장문의 편지를 보낸 것이 마지막 소식이었습니다. '가난한 집안 살림에 입 하나 덜자고 서울로 더

부살이하러 집을 나섰을 때 언니 마음이 어땠을까⋯⋯. 조금 더 잘해 줄 수도 있었을 텐데' 따위의 생각이 든 것은 언니가 떠나고도 한참 뒤의 일이었습니다.

그렇게 헤어진 언니를 영화 〈집으로⋯〉에서 다시 만났습니다. 영화를 보는 내내 할머니의 뒷모습에는 순자 언니가 오버랩되어 돌아가고 있었습니다. 이제는 얼굴조차 또렷하게 기억나지 않지만, 그 우직한 한결같음과 묵직하게 전해져오는 마음씀씀이가 빼다 박은 듯 할머니를 닮았습니다.

할머니와 더불어 영화의 한 축을 이루는 상우는 나쁜 아이가 아닙니다. 상우의 행동을 비정상적이라고 생각하십니까? 하루아침에 산골 마을에 뚝 떨어진 도시 아이가 보일 수 있는 지극히 정상적인 반응을 나타내고 있을 뿐입니다.

아빠에 이어 이번에는 엄마가 기약도 없이 상우를 두메산골에 버려두고 갔습니다. 생전 처음 보는 쭈글쭈글한 노인네를 외할머니라고 하니 상우가 어깃장을 부리는 것도 이해할 만합니다. 마음 불편한 것도 이루

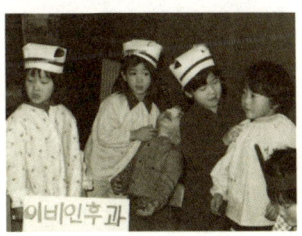

저 역시 어릴 때는
병원놀이를 하며 놀았죠.

말할 수 없지만 생활 자체에도 적응이 안됩니다. 화장실, 아니 뒷간에 가는 것부터 하나하나가 불편합니다. 친구가 있기를 하나 텔레비전이 나오기를 하나 그나마 붙잡고 있던 오락기마저 건전지가 닳아버립니다. 롤러블레이드를 신나게 탈 수 있는 아스팔트도 없고 켄터키치킨을 사먹을 가게도 없고, 거기다 말귀도 못 알아먹는 할머니와 달랑 둘이 살려니 오죽 답답하겠습니까. 이런 상황에서라면 누구라도 상우처럼 행동했을 것입니다.

비정상적인 쪽은 오히려 할머니입니다. 상우가 누굽니까? 가출한 막내딸이 덥석 맡기고 간 아이가 아닙니까? 아무리 귀한 손자라도 늘 예쁘기만 한 것은 아닐 텐데, 더구나 생각지도 않던 손자, 한사코 말썽만 피우는 손자라면 더 말해 무엇 하겠습니까? 그런데도 할머니는 손자를 품으려고만 듭니다. 일대일로 맞서거나 거부하는 법이 없습니다. 요강을 깨부수는 손자 상우의 땡깡도, 게임기 때문에 은비녀를 훔쳐가는 교활함도, 애써 차린 밥상을 무시하는 몰인정함도 할머니는 묵묵히 받아들입니다. 할머니는 끝없이 퍼주고 또 퍼주며 있는 힘껏 상우를 사랑합니다. 상우가 계속 딴전을 피워도 죽을 힘을 다해 아이를 껴안습니다.

순자 언니도 영화 속의 할머니만큼이나 정말 착하고 좋은 사람이었습니다. 지금까지도 순자 언니가 생각나는 걸 보면 제게 무척 잘해줬나 봅니다. 함께 지내며 한솥밥을 먹던 시절을 생각하면 언제라도 마음이 푸근해집니다. 지금쯤 순자 언니는 중년 부인이 돼 있을 겁니다. 어느 곳에선가 영희 아줌마나 선희 아줌마로 평범한 삶을 살고 있겠지요. 어쩌면 가끔씩 무심히 틀어놓은 텔레비전에서 제 얼굴을 대하고 있을지도 모릅니다. 이제는 많이 달라진 저를 알아보기나 할는지. 현실의 시간은 흐르고 또 흘러 우리의 얼굴 생김이나 몸매를 완전히 바꿔놓았지만, 기억 속의 시간은 한 점에 정지된 채 당시의 따뜻한 마음을 그대로 전해줍니다. 빛 바랜 사진처럼 마음에 남아 있는 순자 언니는 착하디 착한 스무 살 처녀입니다.

순자 언니가 그립습니다. 세상살이가 각박하게 느껴지는 요즘 들어 부쩍 그렇습니다. 조금이라도 빈틈을 보이면 그 틈새를 헤집고 들어와 쑤셔놓고, 어제까지 같은 깃발 아래 서 있던 사람이 오늘은 적진에 들어가 선봉에 섭니다. 인정머리 없고 믿을 사람 하나 없는 그야말로 팍팍한 세상입니다. 아쉽고 답답한 마음에, 기억을 향해 묻습니다.

"순자 언니처럼, 영화 속 할머니처럼 무제한 수용해주고, 무제한 이해해주고, 무제한 기다려주는 사람은 정말 없는 걸까요?"

기억 속의 순자 언니가 영화 속 할머니와 나란히 서서 대답합니다.

"이제는 네가 남을 껴안아줘야 하지 않겠니?"

영혼이 자유롭기 위한 몇 가지 제언

    초등학생 시절 저의 번호는 항상 뒤에서 맴돌았습니다. 가나다순으로 번호를 정했던 까닭에 'ㅎ'으로 시작하는 성을 가진 저로서는 어쩔 수 없는 일이었습니다. 어른들에겐 아무 것도 아닐 일이지만, 어린 제게는 대단히 불만스러운 일이었습니다.

    '이씨나 박씨나 김씨였으면 좋았을 텐데, 왜 우리 아빠는 황씨일까?'

    불만은 금방 가지를 치고 그늘을 넓혀갔습니다. 황씨 성을 가진 친구가 많지 않다는 것도 불만거리였습니다. 학년이 올라가고 학급이 바뀌어도, 황씨 성을 가진 아이는 반에서 유일하게 저뿐이었습니다. 운이 좋을 때라도 같은 성씨는 저를 포함해서 두 명이 고작이었습니다. 출석 시간제 이름을 부르는 선생님의 발음도 귀에 거슬렸습니다. 발음이 거칠고 부담스럽게 들렸습니다. 그 둔탁한 울림이 싫었습니다.

    김씨나 박씨에 붙는 이름이 더 세련되게 들리기도 했지만 더욱 중요한 것은 흔한 성씨라는 것이었습니다. 많은 아이들이 가지고 있는 성을 갖고 싶었습니다. 어릴 때부터 많은 사람들이 속해 있는 울타리 안에 함께 있기를 바랐습니다. 톡톡 튀는 스타를 동경하는 체질은 분명 아니었습니다.

운동화만 해도 그렇습니다. 초등학교 때까지만 해도 다들 평범한 운동화를 신었습니다. 특정 브랜드 신발이 유행하기 시작한 건 고등학교 때부터였습니다. 한두 사람씩 스포츠 상품으로 유명한 특정 브랜드의 신발을 신기 시작했습니다. 유행의 물결은 모든 친구들에게 똑같은 운동화를 신겨 놓았습니다. 저 또한 그 브랜드의 신발을 신고 나서야 안심이 됐습니다.

한번은 운동복을 학교 근처가 아닌 동네 문방구에서 구입했습니다. 디자인이나 색깔은 같은 모양이었는데 색깔의 톤이 달랐습니다. 모든 제품에 균일하게 염색을 할 수 있을 만큼 기술 수준이 높지 않았던 시절이었나 봅니다. 60명이 함께 수업을 받는 체육시간에 저만 두드러지는 것 같아서 부담스러웠습니다. 파란색 운동복을 입은 아이들 틈에 혼자서 빨간 옷을 입고 있었던 것도 아니었는데 그게 견디기가 어렵더군요. 비록 사소한 차이긴 하지만, 다른 아이들과 다른 톤의 운동복을 입고 있다는 사실이 싫었습니다. 결국 운동복을 한 벌 더 사고 말았습니다.

실제로는 아무도 주목하지 않는, 그래서 유명세를 치러본 적이 없는

초콜렛

감독 라세 할스트롬
주연 줄리엣 비노쉬, 조니 뎁
장르 코미디, 로맨스
제작 2000년 미국

평범한 아이였음에도 불구하고 다수에 속해 있어야 편안하다는 것을 너무 일찍 알아차려 버렸습니다. 동화 속에 나오는 미운 오리새끼가 되고 싶지는 않았습니다. 나중에 찬란한 백조로 변하든 말든 우선 지금이 중요했습니다. 같은 색깔의 옷을 입고 같은 브랜드의 운동화를 신고 싶었습니다. 다르게 보여서 얻는 특별함과 고독보다는 무리 속의 평범함이 편했습니다.

자신이 갖지 못한 것에 대한 부러움. 제가 영화 〈초콜렛〉의 주인공 비앙을 선망 어린 눈으로 보는 이유는 아마 거기에 있을 겁니다. 비앙은 불온하다고 지탄을 받는 여자입니다. 무슨 도덕적인 결함이 있거나 부정을 저지른 것도 아니지만 마을 사람들은 그녀가 다수에 섞여 교회에 다니지 않는다는 하나의 이유 때문에 불온한 여인으로 몰아갑니다.

마을의 모든 사람은 교회에 나갑니다. 아니 나가야만 합니다. 그 마을에서는 교회에 나간다는 것이 곧 공동체에 소속되어 있다는 증표와도 같기에, 교회에 나가지 않으면 거기서 살아나갈 수가 없습니다. 신앙이 있느냐 없느냐가 아니라 교회에 나가느냐 아니냐가 친구냐 남이냐를 가르는 잣대입니다.

교회에 나가는 건 힘든 일이 아닙니다. 가서 졸든 공상을 하든 잘생긴 이웃 남자의 얼굴을 훔쳐보든, 일주일에 한번 그곳에 다녀오기만 하면 이웃들과 매끄럽게 지낼 수 있습니다. 하지만 비앙은 교회에 나가지 않았습니다. 시장을 비롯한 마을 사람들은 끊임없이 그녀를 몰아붙입니다. 교회에 나가지 않고, 아버지가 없는 딸을 데리고 다니고, 금식을 해야 하는 사순절 기간에 초콜릿 가게를 열어서 마을 사람들을 현혹시킨다며 그녀를 따돌립니다. 호기심에 초콜릿 가게에 들르는 사람들은 시장과 그 마을 주민들로부터 뜨거운 질책의 눈길을 받아야 합니다.

그래도 비앙은 당당하기만 합니다. 쏟아지는 비난에도 미소를 잃지 않고 언젠가는 마음이 통하겠지 하는 기다림으로 일관합니다. 따뜻한 마음으로 정성스럽게 초콜릿을 만들며 마음의 문이 열리기를 기다립니다. 조금씩 그녀에게 사람들이 다가오지만 시간의 굴레가 만들어놓은 관습이라는 벽은 생각보다 높았습니다. 사람들의 마음이 활짝 열려서 비앙을 받아들이기까지는 상당한 시간이 필요했습니다. 그동안 그녀가 겪어야 했던 마음의 갈등과 고민은 참기 어려운 고통이었습니다.

저라면 당연히 교회에 나가는 쪽을 택했을 겁니다. 소수자의 길은 원래 제 몫이 아니었습니다. 마을의 아낙네들처럼 검은 신을 신고 되도록 사람들 눈 밖에 나지 않도록 조심했을 겁니다 특별히 믿는 마음이 없더라도 살아가는 지혜라고 자위하면서 마음에도 없는 기도를 올렸을 겁니다. 한 가지 이유 때문에 사람들이 저를 받아들이지 않는다면 그 이유가 타당하든 아니든 간에 자신에게로 화살을 돌렸을 겁니다. 그 이유를 어떻게든 제거하고 원 안에 들어가고 나면 그제야 안도의 한숨을 쉬겠죠. 모든 것을 무시할 만한 굳은 심지가 저에게는 없습니다

하지만 정작 제가 부러워하는 건 비앙의 초인적인 의지가 아닙니다. 그녀가 주변의 압력을 꿋꿋이 헤쳐나가는 모습은 감동적이기는 했지만 한편으로는 슈퍼맨이나 마징가 제트를 볼 때 느꼈던 괴리감을 지울 수 없었습니다. 저로서는 도저히 따라갈 엄두를 낼 수 없는 초능력자를 지켜보듯 다리에 힘이 빠졌습니다.

비앙의 매력은 오히려 그녀가 울면서 괴로워하는 모습에 있었습니다. 저와 똑같은 이유로 상처받고 괴로워하는 모습에서 인간적인 연민과 동질감을 느낄 수 있었기 때문입니다. 상처를 받으면서도 끝까지 따듯한 마음을 잃지 않으려고 애쓴다는 점만 저와 다를 뿐입니다. 사람들이 초콜릿 가게에 얼씬도 못하게 갖가지 압력을 넣은 시장을 받아들이는 일이 그녀에게도 쉽지는 않았겠지요. 하지만 그녀는 시장에게 따뜻한 커피를 타주고 직접 만든 초콜릿을 권하면서 그의 마음에도 그리움이 생겨나기

를 바랍니다.

비앙이 역경에도 상처받지 않고 꿋꿋하게 모든 것을 좋게만 생각하는 명랑소녀가 아니라 상처받는 연약함이 있다는 것이 저와 그녀 사이를 한층 가깝게 만들었습니다. 옳고 그름을 분명히 가리는 강철 같은 주관이 존재하지만 그 주관을 피로써가 아니라 사랑으로 드러내는 태도야말로 제가 갖고 싶어하는 보물 1호에 해당합니다.

영화는 정말 영화다운, 아니 만화에 가까운 해법을 제시하며 막을 내립니다. 마음을 의지하고 있던 아르망디 할머니가 세상을 떠나자 그녀도 마을을 떠나려고 짐을 쌉니다. 세상에는 여러 마을이 있고 굳이 이 마을에서 이렇게 상처투성이가 된 채 살아길 필요는 없을 테니까요. 하지만 그녀가 마을 사람들에게 나누어주었던 초콜릿 속에는 그리움이라는 향료가 들어 있었고 그 그리움은 다행히도 시간에 맞춰 사랑을 불러일으킵니다. 서로 치유하고 치유받는 기적이 뒤를 따릅니다.

종이 한 장을 꺼내들고 〈초콜렛〉 수업시간에 비앙 선생님께 배운 내용

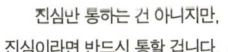
진심만 통하는 건 아니지만,
진심이라면 반드시 통할 겁니다.

을 적어봅니다. 제목은 '영혼이 자유롭기 위한 몇 가지 제언' 쯤으로 해두는 게 좋겠습니다.

남과 다르다고 해서 자신을 배신하지 말 것.
나와 다르다고 해서 그 사람을 멀리하지 말 것.
마음은 따뜻하게 생활은 씩씩하게 할 것.
진심이 통할 때까지 시간을 두고 기다릴 것.

스무 살을 부탁해

"한 발만 잘못 디디면 나도 저렇게 될까봐 걱정돼. 정신 바짝 차려야 지."

지나가는 걸인을 보며 그녀가 말했습니다. 걸인은 머리를 산발한 채 땟국물이 줄줄 흐르는 옷을 입고 있었습니다. 허공을 향한 멍한 눈동자 가 마치 정신이 나간 사람 같았습니다. 얼마나 험한 꼴을 하고 있는지 걸 인이 다가가면 사람들이 그를 피했습니다. 마치 옆에 오면 병균이라도 옮길 것 같은 냄새를 풍기고 있었습니다.

낯설게만 들리는 얘기였습니다. 지하철역에서, 공원 벤치에서, 큰길에 서 가끔씩 허름한 차림의 걸인들과 마주치기는 했지만, 한번도 그렇게 생각해본 일이 없었습니다. '어떻게 하다가 저렇게 되었을까?' 궁금해하 기보다는 '태어날 때부터 나와는 다른 계층의 사람이겠거니' 생각했을 뿐입니다.

고양이를 부탁해

감독 정재은
주연 배두나, 옥지영, 이요원
장르 드라마
제작 2001년

똑같은 상황을 보고도 서로 다른 생각을 할 수 있다는 게 신기했습니다. 어쩌면 그녀 역시 자신과 다른 생각을 하고 있는 내가 이상해 보였을지도 모릅니다. 지극히 제한적이나마 자신의 지난 시절 얘기를 들려준 것도 아마 그 때문이었을 겁니다.

어린 시절, 그녀는 가난했습니다. 하지만 티없이 맑은 아이의 마음은 가난을 실감하지 못했습니다. 곧 쓰러질 것 같은 집에 살았지만, 자기가 사는 집이 누추하다는 것을 몰랐습니다. 그녀에게 가난을 인식시켰던 건 짝꿍이었습니다. "이게 너희 집 맞아? 이렇게 못살아?"라는 짝꿍의 얘기를 듣고서야 그녀는 깨달았습니다. 가난이 얼마나 고단한 것인지, 아픈 것인지. 그녀의 장난감은 하나뿐이었습니다. 당시 아이들이 하나씩은 가지고 있던 마론 인형이었습니다. 그러나 그나마도 처음부터 그녀의 몫은 아니었습니다. 옆집 아이가 인형을 가지고 놀다가 목을 부러뜨리는 바람에 그녀의 차지가 된 것입니다.

그녀의 성장 과정은 아버지의 사업이 무너져가는 수순과 일치했습니다. 견실한 사업가에서 빈털터리 낙오자가 되는 일련의 과정을 그녀는 모두 지켜보았습니다. 그녀의 머릿속에는 아버지가 동업자의 배신으로 졸지에 모든 걸 날려버리던 순간이 또렷하게 남아 있습니다. 다들 제정신이 아니었지만, 특히 가족을 사랑하고 예술을 즐기던 아버지의 몸에서는 물기가 다 빠져나가 버렸습니다. 한번 시작된 추락은 바닥을 향하여 끝을 모르고 계속됐습니다. 식구들이 힘을 모아 재기해보려고 무진 애를 썼지만 원상 복귀는 어려웠습니다. 결국 그녀의 부모님은 서울을 떠나야 했습니다

지금 그녀는 착실한 샐러리맨과 결혼하여 열심히 살고 있습니다. 다달이 들어오는 월급이 빤한 유리지갑이지만 1년이 지나면 얼마를 모으고 10년이 지나면 얼마나 재산을 불릴지 예측 가능한 생활입니다. 페라가모로 몸을 휘감칠 정도는 안되지만 남에게 아쉬운 소리 안할 정도입니다. 맞벌이로 인해 오는 스트레스도 있지만 일하는 즐거움도 솔찬합니다. 자식에게 큰 재산을 물려주지야 못하겠지만, 부족한 것 없이 알뜰히 챙겨줄 수는 있는 형편입니다. 그러나 한숨 돌리게 된 지금도 동창회에 나가

오랜 친구들에 대한 고마움이
새록새록 되새겨지네요.

는 게 겁날 때가 있다고 합니다. 이렇게저렇게 성공한 친구들이나 넉넉한 삶을 꾸리는 친구들을 보면 어느새 '원래 혈통이 달랐던 것처럼 이렇게 다른 신분이 됐구나' 라는 허탈감이 들곤 하기 때문입니다. 한편 분하고, 한편 부러운 그 느낌을 너는 아느냐고 그녀는 제게 물었습니다.

신분 상승을 꿈꾸는 혜주, 자유롭고 싶은 태희, 처참한 현실에 부딪혀 꿈꾸는 것조차 자유롭지 못한 지영, 낙천적이기만 한 쌍둥이 비류와 온조. 영화 〈고양이를 부탁해〉에 등장하는 상고 동창생 다섯 명입니다.

이혼한 부모를 차가운 눈으로 바라보는 혜주는 증권사의 잡일을 도맡아하는 아르바이트생입니다. 언젠가는 무대의 주역이 되기를 꿈꾸며 전의를 가다듬습니다. 자신의 미모는 성공을 차지하려는 전투에서 충분한 무기가 될 수 있을 거라고 믿습니다. 태희는 세속적인, 속물적이기까지 한 아버지를 답답해하며 늘 떠날 궁리를 하고 있습니다. 장애자를 돕는 봉사활동은 그녀가 찾아낸 또 하나의 비상구입니다. 텍스타일 디자이너가 되고 싶어하는 지영은 무너지기 일보 직전인 판잣집에서 할아버지 할머니와 함께 어렵게 살아갑니다. 재능도 있고 끈기도 있지만 지영의 집안 사정으로는 대학을 갈 엄두조차 낼 수 없습니다.

혜주의 생일을 빌미로 다시 모인 다섯 친구. 지영은 혜주에게 고양이를 선물합니다. 그러나 고양이는 다음날로 다시 지영의 손으로 돌아갑니

누가 그랬을까?
사람이 꽃보다 아름답다고.

다. 선물한 지영의 마음을 소중히 여기기에는 고양이를 키우는 불편함이
너무 큰 탓입니다. 지영은 서운합니다. 사실 학교 다닐 때 혜주와 지영
은 죽고 못 사는 사이였습니다. 하지만 혜주는 변했습니다. 직장을 잡고
나서 일어난 변화입니다. 혜주는 드러나게 지영을 경멸합니다. 아르바
이트 자리 하나 구하지 못하고 빌빌대는 지영이 한심해보였던 걸까요?
모처럼 찾아온 지영을 대하는 혜주의 태도에서 성의나 우정은 찾아볼
수 없습니다.

혼자 안타까운 태희는 예전의 우정을 되살리려 애쓰지만 쉽지는 않습
니다. 이미 딛고 있는 땅이 달라졌으니까요. 그런 와중에 지영의 판잣집
이 무너져버리고 할아버지, 할머니가 세상을 떠나는 사고가 일어납니다.
세상은 지영을 소년원으로 몰아넣습니다. 몰아넣었다는 말은 80퍼센트
만 진실입니다. 세상 의지할 데 없어진 지영에게 소년원은 그나마 숙소
를 제공하는 장소니까요. 사정을 알게 된 태희는 아버지의 돈을 훔쳐 집
을 나옵니다. 소년원 앞에서 지영의 출소를 기다리던 태희는 함께 떠나
자고 제의합니다. 혼자보다는 같이가 낫다면서.

그녀가 동창회에 나갈 때마다 마주친다던 그 느낌은 아마 단짝 친구 혜주와 지영의 사이를 벌려놓은 배신감과 같은 성질의 정서였을 것입니다. 같은 교복, 똑같은 책가방, 한결같은 색깔의 구두……. 학교라는 울타리 안에서는 이질감을 느낄 수 없거나 느낀다 해도 폭이 크지 않았습니다. 그러나 학교를 벗어나기만 하면 상황은 달라집니다.

20세, 여성, 대한민국, 이런 악조건 속에서 살아남자면 도둑 고양이처럼 발톱을 감추어야 합니다. 고양이는 길들여지지 않은 야생성, 할퀴려다 오히려 자기가 상처입는 미숙함, 그러면서도 마음 한쪽에서는 사랑받고 싶어하는 이중성을 지니고 있습니다. 한편에서는 목덜미를 쓰다듬어주는 주인의 품안에서 그르렁대고 있고 또다른 한편에서는 도약을 위해 털을 꼿꼿이 한 채 발톱을 세우고 있지요.

저의 20대는 지영처럼 모든 것이 절망스럽기도 했고 혜주처럼 지금을 발판으로 해서 훌륭한 인물이 될 것도 같았고, 다른 친구들처럼 마냥 즐겁기도 했고 태희처럼 끊임없이 떠나고 싶기도 했습니다. 하지만 끝내 떠나지 못했습니다.

그때도 알았을까?
가장 빛나는 시절이었다는걸.

영화 속 내내 겨울이던 계절은 마지막 장면에서 어느새 여름으로 넘어가 있었습니다. 춥기만 하던 겨울, 어깨의 근육이 움츠러들어 활개를 펴지 못하는 겨울을 벗어난 그들에게 축복의 계절이 도래한 걸까요? 이제부터 그들의 인생이 여름을 맞이했다는 암시로 보이는군요.

그녀와 저는 함께 출발했습니다. 지금 그녀는 어디쯤 가고 있을까요?

태초에 아버지가 있었다

"이 쥐방울을 주머니 속에다가 넣고 다닐 순 없을까?"

아버지는 회사에 가실 때마다 제 볼을 꼬집으며 말씀하셨습니다. 저도 같은 상상을 했습니다. 출근하시는 아버지의 뒷모습이 골목을 다 돌아나갈 때까지 손을 흔들다가 돌아서며 생각하곤 했습니다.

'작아지고 작아져서 아버지의 호주머니 속에 쏙 들어갈 수 있다면, 회사까지 따라가서 하루종일 아버지와 함께 있을 수 있다면, 얼마나 즐거울까. 과학의 힘을 빌리면 꿈이 현실이 된다던데, 어서 인간의 몸을 손톱만하게 줄이는 기술이 개발돼서 아버지의 호주머니를 차지할 수 있으면 좋겠다.'

예전에 살던 동교동 집은 대문까지 뛰어나가 문을 열어줘야 하는 옛날 집이었습니다. 저녁상에 올릴 갈치 굽는 냄새가 진동할 때쯤이면 문 밖에선 어김없이 "아빠다!"라는 소리가 들려왔습니다. 지존(至尊)의 등장을 알리는 아버지의 목소리였습니다. 우리 삼남매는 재빨리 뛰어나가 문을 열어드립니다. 1등에게는 10원의 상금이 주어졌습니다. 동전을 타내는 재미도 있었지만 집에 돌아오시는 아버지를 제일 먼저 맞아들이고 싶은 욕심이 더 컸습니다.

여름이면 수영장에 놀러 가는 것을 좋아했습니다. 언젠가는 한낮에 돌아오신 아버지를 조르고 졸라서 수영장에 갔습니다. 나중에 들어보니 그날 아버지가 타고 가던 차의 기사 양반이 깜빡 조는 바람에 큰 사고날 뻔했다더군요. 일찍 일을 접고 돌아오신 걸 보면 정말 아슬아슬한 상황이었던가 봅니다. 하지만 아버지는 싫은 소리 한마디 없이 철없이 보채는 우리를 데리고 나들이를 나서셨던 것입니다. 삼남매에겐 신나는, 아버지에게는 아찔한 하루였습니다.

아버지의 사랑을 조금이라도 더 차지하려는 삼남매의 경쟁은 아버지를 피곤하게 만들기도 했습니다. 어느 날은 낮잠에서 깨어보니 언니와 오빠가 없었습니다. 아버지가 둘만 데리고 〈로보트 태권 V〉를 보러 가셨던 겁니다. 저의 대성통곡은 밤늦게까지 이어졌습니다. 영화를 못 본 것도 억울한 일이지만, 하물며 아빠와 함께 가는 기회를 놓치다니! 너무 깊이 잠들어 있어서 데려길 수 없었다는 설명 따위는 귀에 들어오지도 않았습니다. 다음날 아버지는 저를 데리고 다시 〈로보트 태권 V〉를 보러 가셨습니다. 한 번 보기도 지겨우셨을 영화를 두 번씩이나 말없이 봐주

에브리바디 페이머스

감독 도미니크 데루데르
주연 조스 드 파우, 에바 밴 더 구세트
장르 드라마, 코미디
제작 2000년 벨기에·네덜란드·프랑스

신 것입니다.

제 머리를 말려주는 건 아버지의 몫이었습니다. 천하에 재미없을 일이 아버지에겐 기쁨이었습니다. 큰 타월로 머리카락을 비벼가며 아버지와 딸은 깔깔거리고 좋아했습니다. 부서지는 햇살 속에서 타월에 싸여 서 있는 저와 환하게 웃는 아버지. 이 장면은 누렇게 색이 바랜 옛 영화의 스틸사진처럼 마음속 앨범 한구석에 선명하게 남아 있습니다.

고등학교에 다니던 시절이었던가요? 매주 일요일 낮이면 텔레비전에서 〈초원의 집〉이란 프로그램이 방송됐습니다. 마음 따듯한 엄마, 아빠를 중심으로 여러 아이들이 사랑하고 미워하며 성장해간다는 내용의 연속 드라마였습니다. 지금 생각해보면 다소 진부하고 틀에 박힌 가족사랑 얘기였지만, 드라마가 끝나갈 즈음이면 아버지의 눈시울은 어김없이 젖어 있었습니다. 〈초원의 집〉 덕분에 우리 집 일요일 점심 시간은 부녀가 얼싸안는 장면으로 막을 내리기 일쑤였습니다. 하긴, 어디 〈초원의 집〉뿐이겠습니까? 크리스마스가 돌아올 때마다 아버지와 방안을 뒹굴면서 보는 〈사운드 오브 뮤직〉은 매년 새로웠습니다. 몇 번씩이나 되풀이해 보았던 영화지만 햇살 가득한 방에서 아버지와 함께 감동에 감동을 더해가며 영화에 빠져들었습니다.

물론 의견 충돌이 없었던 건 아닙니다. 제가 나이를 먹어갈수록 그런 일이 점점 잦아졌습니다. 아나운서 시험을 보겠다고 말씀드렸을 때만 해도 그렇습니다. 아버지는 제가 선생님이 되기를 원하셨습니다. 평범하고 소박하게 살아오신 아버지는 남들 앞에 유난스럽게 나서야 하는 직업을 탐탁해하지 않으셨습니다. 더구나 눈동자처럼 사랑하는 딸이 그런 직업을 갖겠다니 더욱 말리고 싶으셨을 겁니다. 하지만 아버지는 그냥 두고 보시는 쪽을 택하셨습니다. 인생은 그저 나름대로 즐기면 되는 것이지 꼭 화려해야 하는 것도 아니고 인정받아야 하는 것도 아니란 걸 지나가는 말처럼 내비치셨을 뿐입니다.

아버지는 그렇게 한결같은 분입니다. 제법 직장 경력이 쌓인 요즘은 더 존경하는 마음이 듭니다. 회사 생활이란 게 보람이나 만족보다는 스트레스의 연속인 법인데 한번도 그런 안 좋은 감정을 우리에게 전이시키거나 회사 일을 집에 가져오신 적이 없습니다. 회사에서의 희비를 표정

엄마 아빠도 청춘이었고,
우리도 작았어요.

에 담아 안방까지 그대로 전달하는 저로서는 감히 따라갈 수 없는 경지입니다.

지금도 아버지는 조카들의 무한한 애정을 받고 있습니다. 아마 여섯 조카 하나하나가 할아버지로부터 자기가 제일 특별한 사랑을 받고 있을 거라고 느낄 겁니다. 그게 아버지의 매력이지요. 누구에게나 '너만 특별이야' 라고 느끼게 해주는 마술. 우리 삼남매는 모두 그렇게 사랑을 받으며 자랐습니다. 아직도 마술이 풀리지 않았는지 막내딸에 대한 애정은 남다를 것이라고 저는 믿고 있습니다.

아버지에게 딸은 특별한 존재입니다. 그건 부부의 관계와도 다르지 않을까요? 서로 다른 남남이 만나 어느 날부터 시작한 관계가 아니라 딸은 태어날 때부터 아버지에게 길들여지는 거니까요. 태초부터 서로가 서로에게 길들여지는 관계입니다. 많은 시간과 기억과 장소를 공유하면서.

비평가들이 뭐라고 하든지간에, 저는 〈에브리바디 페이머스〉가 아버지들을 위한 영화라고 생각합니다. 주인공은 딸인 마르바지만 주인공을 움직이는 동력은 아버지 장에게서 나오기 때문입니다.

장의 딸사랑을 점수로 환산하면 최소한 98점은 나올 겁니다. 167센티미터, 80킬로그램에 이르는 딸의 큰 몸집을 바라보는 장의 눈길에는 세계 미인대회 우승자를 바라보는 것과 똑같은 찬탄이 섞여 있습니다. 마르바

아빠는…
따뜻하고 부드럽다.

의 꿈은 가수입니다. 그러기에 그녀의 꿈은 실현 가능한 소망이기보다는 실체가 존재하지 않는 환상이나 공상에 가깝습니다. 현실은 꿈보다 가혹합니다. 신인가수를 뽑는 대회마다 개근을 하다시피 출전하지만 우스꽝스러운 몸짓과 터무니없는 노래 실력으로 만년 꼴찌에 머뭅니다.

마르바의 재능을 조금도 의심하지 않고 밀어주는 사람은 아버지뿐입니다. 늘 반비례의 곡선을 그리던 아버지의 딸사랑은 급기아 인실극으로 발전합니다. 장은 당대 최고의 인기 가수 데비를 납치한 뒤에 마르바의 가수 데뷔를 협상 조건으로 내겁니다. 그렇게 해서라도 딸의 소원을 풀어주고 싶었던 안타까움과 간절함, 절박함이 화면 곳곳에서 묻어납니다.

하지만 아버지의 꿈은 실현되기 직전 침몰하고 맙니다. 마침내 사건의 전모가 드러나고 장은 경찰에 붙들립니다. 텔레비전을 통해 장의 얼굴이 전국에 방송됩니다. 그러나 우리네 뉴스 화면에 등장하는 피의자들과는 달리, 장은 고개를 숙이거나 점퍼 깃에 얼굴을 묻지 않습니다. 어차피 자신의 안위를 생각하고 벌인 일이 아니었기 때문입니다. 아버지는 딸 마르바가 데뷔 무대에서 가면을 벗어던지고 마음껏 노래할 수 있도록 격려의 박수를 보내는 데 열중할 뿐입니다.

'막무가내 사랑.' 도무지 앞뒤가 맞지 않는 이 영화를 보면서도 공감할
수 있었던 것은 그런 사랑의 수혜자가 되어본 경험이 있기 때문이라고
믿습니다. 아버지가 딸에게 베푸는 사랑은 이치와 논리로 분석이 불가능
합니다. 그러나 이런 사랑에 대한 딸의 반응은 얼마나 썰렁하고 미미한
지. 마르바는 자신이 성공하지 못하는 이유를 무능한 아버지 탓으로 돌
리고 굿나잇 키스마저 거절했습니다. 물론 아버지에겐 더할 나위 없는
아픔이었지만, 제 손에 박힌 가시에 아파하는 딸은 아빠 가슴에 박힌 못
을 생각할 여유가 없었습니다.

영화 바깥의 딸도 마르바와 꼭 닮았습니다. 전화로 친구와 수다 떨기
에 바쁘거나 컴퓨터에 정신이 팔린 딸은 아버지의 인사를 귓결로 흘려보
냅니다. 서운해하시는 눈치가 역력해도 모르는 척 마음의 눈을 감아버립
니다. 안녕이란 인사를 나눌 날은 내일도 있고 모레도 있고 또 그 다음날

아빠! 주머니 속에 저 넣고
다니시면 안돼요?

도 있을 테니까, 라고 생각합니다. 돌아서는 아버지의 인사는 여전히 평화롭고 따뜻합니다. "잘 자라. 좋은 꿈꾸고."

딸이 아버지의 넓은 품을 기억하는 순간은 늘 아쉽고 절박한 순간들뿐입니다. 마르바는 데뷔 무대에 서기 직전, 떨리는 마음으로 고백합니다. '아버지의 포옹과 키스가 그리워요.'

제가 아침방송에 지각 한번 안하는 것도 다 아버지, 어머니 덕입니다. 아버지는 일찌감치 일어나셔서 오늘의 날씨를 점검하십니다. 맨날 뭘 입고 갈까 고민하며 그날의 날씨를 아버지께 여쭤보거든요. 제 전용 기상요원이기도 합니다. 부지런한 아버지 덕에 기분좋게 아침을 시작할 수 있습니다.

〈FM 대행진〉을 진행하다 보면 누군가를 대신해서 사랑을 전해주어야 하는 일이 자주 생깁니다. '사랑한다'는 말은 왜 그렇게 쑥스러운지. 하지만 오늘은 저도 이 자리를 빌려 고백하고 싶습니다. "사랑해요 아빠!"

마음의 고향, 어머니

　어머니의 다리를 주물러드릴 때가 제게는 가장 편안한 시간입니다(세상에나, 이런 효녀가 다시없을 것 같군요). 저녁 뉴스를 마치고 간단히 정리를 한 다음 집에 돌아옵니다. 편한 옷으로 갈아입고 화장을 깨끗이 지워내죠. 다 씻고 난 뒤에는 그날의 피곤함이 어느 정도 가셔집니다.

　이불을 깔아드리고서 어머니 옆에 마주앉습니다. 오늘은 하루종일 뭘 하셨는지 어디 불편한 곳은 없었는지 여쭤봅니다. 요즘 어머니는 다리가 불편하셔서 바깥 거동을 잘 하시지 못합니다. 옛날 같으면 다리를 주물러드린다고 해도 "피곤할 테니 들어가 쉬어라" 하며 말리셨을 텐데, 요즘은 "우리 정민이가 해주니 더 시원하다"며 좋아하십니다. 그만큼 몸이 불편해졌다는 반증이기도 하고 동시에 가족의 손길을 더 그리워하게 되셨다는 뜻인 것 같아서 한결 마음이 쓰입니다. 불편한 몸은 불편한 마음을 만들어내는 걸까요? 거동을 마음대로 하지 못할 정도로 나이 들었다는 것과 완치될 수 없는 병이라는 것이 몹시 우울하신 모양입니다. 자식인 제가 할 수 있는 일은 그저 다리를 주물러드리는 일뿐입니다. 어머니가 늙어가신다는 게, 그리고 이제는 저의 보살핌을 필요로 하신다는 사실이 서글픕니다.

누구에게나 그렇듯이 제게도 어머니라는 말은 곧 울타리를 뜻했습니다. 요즘 친구들이 아기 기르는 것을 옆에서 지켜보며 새삼 느끼게 됩니다. 아이는 어머니의 가장 다치기 쉬운 연한 속살이 그대로 세상에 걸어 다니는 것과 같다는 얘기를 들었습니다. 그 마음 짐작이 가시죠? 어머니 는 제가 두 발로 서기까지 눈길 하나 놓치지 않고 지켜보셨습니다. 특별 히 금지옥엽 바람에 날아갈세라 키우신 것은 아니지만 혹시라도 무슨 일 이 생기면 세상 그 누구보다도 저를 위해 몸을 던질 분이십니다. 딸의 작 은 섬김에도 즐거워하실 만큼 몸이 불편해지셨지만, 그분이 저의 든든한 울타리라는 점은 여전히 변함이 없습니다.

영화 〈유 캔 카운트 온 미〉의 두 남매는 부모라는 울타리 없이 세상과 직접 부대끼는 게 얼마나 버거운 일인지 보여줍니다. 테리와 새미는 어 린시절 교통사고로 부모를 잃었습니다. 기낼 수 있는 가족이라고는 누이 에게는 남동생, 남동생에게는 누이뿐입니다. 남매가 어떻게 지냈는지에 대한 묘사는 나오지 않지만 충분히 상상할 수 있습니다. 누나는 하나뿐

유 캔 카운트 온 미

감독 케네스 로너건
주연 로라 리니, 마크 러팔로
장르 드라마
제작 2000년 미국

인 동생에게 얼마나 큰 책임감과 애정을 가지고 있었을까요? 없는 부모
를 대신해 그 자리를 채워주려고 안간힘을 썼을 겁니다. 혹시나 잘못되
면 부모 없는 자식이라고 손가락질당할까 한 치 어긋남 없이 살아가면서
말이죠. 동생은 동생대로 누이를 의지하는 마음이 컸을 겁니다. 남자라
는 마음에 보호해주고 싶은 마음도 앞섰을 테고. 그렇게 그들은 서로를
끔찍이 위해주었겠지요. 울타리를 잃어버린 어린 남매가 어른으로 자리
잡아가는 과정은 그만큼 고됐습니다.

  장성한 동생은 마을을 떠나고 싶어합니다. 그들이 태어나고 자란 마을
스코츠빌은 아주 작고 닫힌 세계였습니다. 대부분의 사람들이 그 마을에
서 태어나 그곳 사람과 결혼하여 그곳에서 생을 마감합니다. 피가 뜨거
운 젊은이가 세월을 보내기에는 지나치게 좁은 공동체입니다. 답답증을
견디다 못한 테리는 여기저기 떠돌아다니는 생활을 시작합니다. 나그네,
또는 방랑자라고 하면 흔히 자유로움을 먼저 떠올리지만, 실은 조악한
음식과 불편한 잠자리, 시도 때도 없이 찾아오는 외로움, 가는 곳마다 맞
닥뜨려야 하는 텃세 따위를 감수해야 하는 고행의 시간이 더 길게 마련

입니다. 테리가 걸었던 길 역시 매끈한 아스팔트 대로보다는 먼지가 흩날리는 자갈길에 가까웠습니다. 그는 결국 싸움에 연루되어 억울한 누명을 쓴 채 감옥에 갇힙니다.

형기를 마치고 나왔지만 세상은 여전히 테리를 품어주지 않습니다. 애인의 병원비조차 조달할 수 없는 궁핍이 기다릴 뿐입니다. 애인마저 절망에 빠져 자살하겠다며 위협을 하고 자신을 고운 눈으로 바라보지 않습니다. 당장 일자리를 구할 길도 막막하기만 하고 자기가 책임져야 할 애인에게 자신없는 모습을 보여주기는 죽기보다 싫었을 겁니다. 교도소에서 나온 이후로 제대로 식사를 한 기억이 없을 정도로 테리는 가난합니다. 이제 그가 지친 몸과 마음을 기댈 수 있는 상대는 세상에 하나뿐인 누나가 전부입니다.

테리는 누나가 기다리는 고향 마을로 돌아갑니다. 그동안 누나 새미는 아들을 혼자 키우며 살아가고 있었습니다. 동생 테리의 귀향은 누이에게도 반가운 소식입니다. 은행에 다니랴 아들 키우랴 살림하랴 정신없이 바쁜 생활을 하고 있지만 대청소를 하고 마음 설레며 기다립니다.

하지만 기쁨은 거기까지였습니다. 둘이 만나는 순간부터 슬픔은 시작됐습니다. 연락이 끊긴 동안 동생이 감옥에 들어갔다 나온 사실을 알게 된 새미는 와락 울음을 터뜨립니다. 테리는 고향에서 터전을 잡고 성실하게 일하면서 살 생각은 하지 않고 자꾸 밖으로만 나돌려고 합니다. 누

어머니라는 말만으로
눈물이 그득해집니다.

이는 지금까지 힘겹게 쌓아올린 자신의 안정된 생활마저 위협당하는 느낌을 받습니다. 어린 아들을 동생에게 맡기고 직장에 나가게 된 뒤부터는 걱정이 더 늘었습니다. 혹시나 동생에게 나쁜 영향이라도 받게 되지 않을까 노심초사합니다.

그리고 마침내 억눌러둔 갈등이 폭발하는 순간이 왔습니다. 아들 루디와 테리가 당구장에 몰래 간 일, 그리고 아빠를 보고 싶어하는 루디를 데리고 전남편을 찾아갔다가 싸움을 벌인 일을 알게 된 새미는 동생을 용서할 수 없다고 생각합니다. 얼마나 많은 고생을 감수하면서 쌓은 성인데 어떻게 그걸 남도 아닌 동생이 가볍게 무너뜨리려 한단 말입니까? 이제 누이와 동생은 피를 나눈 남매라도 서로 넘어갈 수 없는 독립 공간이 존재한다는 사실을 뼈저리게 깨닫습니다. 동생은 이미 가족이라는 이름으로 통제할 수 없는 다른 세계에 속해 있습니다. 새미는 테리를 자신의 영역 밖으로 밀어냅니다. 동생에 대한 걱정으로 여전히 마음이 아프지만 어쩔 수 없습니다.

결국 테리는 누나와 조카 곁을 떠나 자신의 자유의 땅인 알래스카로 떠납니다. 편지하겠다는 말을 남기고 테리는 혼자 떠납니다. 그러나 테리는 알고 있습니다. 자신이 어떤 모습을 하고 돌아온다고 해도 누나는 따뜻하게 맞아줄 것이라는 것을. 자신을 기다리는 가족이 있음을.

사회생활을 한 지 벌써 10년째건만, 어머니는 아직도 막내딸이 걱정스러우신가 봅니다. 바쁘게 돌아다니느라 밥은 제대로 먹고 다니는지, 일이 너무 힘들지는 않은지, 사람들하고는 잘 지내는지 언제나 걱정이 태산입니다. 물론 그 가운데 으뜸은 제가 좋은 사람 만나서 가정을 이루는 모습을 빨리 보고 싶다는 것입니다. 후보자들 바꿔가며 거푸 자리를 만드시는 것도 그런 걱정의 표현일 겁니다. 세상의 모든 딸들이 그러하듯, 저 역시 그 깊은 마음을 모르는 게 아닌데도 가끔 짜증으로 반응하곤 합니다. 누군가를 만나고 돌아오면 궁금해하실 줄 알면서도 먼저 말을 꺼내게 되질 않습니다. 조심스럽게 물어오는 어머니께 곱게 말이 나오질 않습니다. 한번 만나봐서는 어떤지 잘 모르겠다고 얼버무리곤 합니다.

엄마가 만들어주시던 푸딩,
또 먹고 싶어요.

내내 꾹 참고 계신 걸 알면서도 속시원히 말씀드리질 못합니다. 그런 과정이 답답하기도 하고 속상하기도 하시겠지요. 남들은 손주 안겨드리는 나이에 아직도 이러고 있으니까요. 한동안 그런 일로 마음이 상해 어머니께 잘해드리지 못한 게 내내 마음에 걸립니다.

사실 걸리는 걸로 치자면 어디 그뿐이겠습니까? 아무리 꼽아봐도 어머니 좋아하시는 일을 똑부러지게 해드린 기억이 많지 않습니다. 특히 아침저녁으로 고정 프로그램을 맡은 뒤로는 더욱 그렇습니다. 어머니 좋아하시는 산에도 같이 가고 고궁에도 가서 사진도 찍고 영화도 보여드리고 근사한 곳에 가서 점심도 사드리고 그래야 하는데 마음뿐이지 좀처럼 손발로 연결되지 않습니다. 시집간 언니가 어머니께 살뜰하게 잘해드리는 것을 보면서도 멀찍이 쳐다만 봅니다. 마음 깊이 사랑하고 아끼지만 일상 속에선 한없이 삐그덕거리는 새미와 테리의 모습에서 어머니와 저를 본다면 비약이 너무 심했을까요?

그러나 세상을 떠도는 테리에게 새미가 영원한 둥지고 고향이었던 것처럼, 아무리 삐친 고양이처럼 발톱을 세우고 그르렁거려도 제가 기대고 누울 안식처는 어머니뿐입니다. "오늘은 별일 없었니?" "예, 별일 없었어요." 퇴근하고 집에 들어갈 때마다 똑같은 물음에 똑같은 답이 이어지지만, 그래도 그 짧은 문답에 마음이 풀어지고 느긋해지기 시작합니다. 혹시 꾸중을 듣거나 말씨름을 한다 하더라도 언제나 결말은 어머니 품에 엄마! 이제는 제게 기대세요.

안겨 우는 것으로 끝납니다. 마음에 끝까지 남는 앙금도 없고 매듭도 없습니다. 아무리 잘못하거나 오해가 있어도 결국 내 편이라고 믿을 수 있는 분이 있다는 사실, 이것은 특권이자 특혜입니다.

어머니의 다리를 주무르며 역할을 바꿔야 할 때가 됐다고 생각합니다. 고향을 지키며 기다리는 새미의 역할을 언제까지나 요구하기에는 어머니의 나이가 너무 많아졌습니다. 언제가 되든 어머니나 새미의 마음이야 변함없겠지요. 자신의 형편이 어떻든 간에 새미는 테리를 끌어안고 싶었을 겁니다. 고군분투하며 살아가고 있는 새미이지만 테리에게는 언제나 든든한 버팀목이 되고 싶었을 겁니다. 테리를 자신의 성 밖으로 밀어낼 수밖에 없으면서도 마음은 테리에 대한 근심으로 가득합니다.

어머니 생각을 하면 눈물이 납니다. 제가 찾아갈 때면 기대어 쉬고 의지할 수 있도록 어머니는 언제나 어깨를 빌려주셨습니다. 이제는 어머니가 기댈 수 있도록 제 어깨를 비워둬야겠습니다.

나무를 심는 사람처럼

"나 누군지 알겠어?"

수화기에서 뜻밖의 목소리가 들렸습니다. 그녀가 10년 만에 제게 전화를 했던 것입니다. 길다면 긴 세월이 지났는데 목소리는 변함없더군요. 나올 수 있냐고 했습니다. 지난 10년 동안 한번도 그녀를 본 적이 없었습니다. 반갑고 말고를 떠나서 왠지 오늘이 그녀를 보는 마지막 기회일 것 같은 밑도끝도없는 불안감에서 약속을 잡고 집을 나섰습니다. '왜 갑자기 전화를 한 걸까.'

그녀는 조금 말라 보였습니다. "지금은 그래도 많이 찐 편이야. 예전에는 사람들이 바로 앞에서도 모르고 지나갈 만큼 형편없이 말랐었어." 그리고 까르르 웃어 보였습니다. 웃음소리까지도 여전했습니다. 10년 만에 만나도 별로 변한 게 없더군요. 여전히 청바지에 티셔츠 차림이었고 웃음을 터뜨리며 얼버무리는 말투도 그대로였습니다. 얼굴을 한쪽으로 떨구는 버릇도 남의 얘기를 들을 때 깊게 고개를 끄덕이던 버릇까지도. 사내아이 같던 짧은 커트 머리가 뒤로 가지런히 묶여 있는 것, 눈가의 주름, 뭐 이 정도가 우리가 만나지 못했던 시간들을 알려 주었습니다

그녀는 학보사 동기였습니다. 10년 전만 해도 우리는 일주일에 일곱 번씩 만나는 사이였습니다. 그녀를 통해 김승옥을 알게 되었고 「무진 기행」의 그 무언지 알 수 없는 분위기에 취해 여행을 떠나기도 했습니다. 술을 그다지 잘하지는 않았지만 그녀는 모든 술자리에 있었습니다. 친구들의 이야기에 귀기울여주고 잘 웃어주고 끝까지 자리를 지키는 사람이었습니다. 모두들 자기 얘기를 떠들기에 바빴기 때문에 경청하는 자세를 가진 그녀를 모두 좋아했습니다. 가끔씩 부르는 그녀의 노래도 사랑받았습니다. 그녀가 즐겨 부르는 노래는 그녀의 마지막 모습 같았습니다. "자, 이젠 안녕 하고 돌아서야지. 하나도 아프지 않은 것처럼~." 그녀와 잘 어울리는 노래였습니다.

세미나를 할 때는 발군의 명석함으로 모두를 놀라게 만들곤 했습니다. 제대로 이해하지도 못할 책을 읽고 토론해가며 사상을 단련시키고 싶어 하던 우리에게, 허점을 꿰뚫는 명석함과 합리적인 비판력을 가진 그녀는 무언지 달라 보였습니다. 하루 24시간 중에서 집에서 잠자고 나오는 시간을 제외하고는 우리는 거의 학보사에서 시간을 보냈습니다. 수업은 빼먹기 일쑤였고 같이 취재를 하거나 집회를 나가거나 기사를 썼습니다. 오

나무를 심은 사람

감독 프레데릭 백
장르 애니메이션
제작 1987년 캐나다

히려 그때가 지금보다 더 바빴습니다.

생각의 차이가 있기는 했지만 마음만은 하나였습니다. 나를 변화시키고 세상을 변화시키고자 하는 의지로 우리는 동지가 됐습니다. 90년대 초, 많은 젊음이 사라져 갔습니다. 오늘은 아무개, 내일은 또 아무개 하는 식으로 열사의 숫자가 늘어가던 시절이었습니다. 집회는 우리에게 서로의 믿음을 확인하는 예배와도 같았습니다.

언젠가 서울역에 나갔을 때였습니다. 이리저리 몰려다니던 학생들은 누군가 용기 있게 외친 구호를 신호 삼아 싸움을 시작했습니다. 그것은 집회가 아니라 전투였습니다. 전경들은 눈앞에서 페퍼포그를 쏘아올렸고 최루탄 연기는 한 치 앞을 볼 수 없게 만들었습니다. 그 속을 이리저리 달리면서 수많은 젊은이들이 치열한 싸움을 치러내고 있었습니다. 스크럼을 짜고 뒤로 나자빠지면서도 한 걸음도 물러날 수는 없었습니다. 밀려나면 앞에 있는 동지들을 볼 낯이 없었습니다. 세상이 금방이라도 바뀔 것 같은 승리감이 밀려왔습니다. 이렇게 많은 사람들이 간절히 바라는데 새세상은 앞당겨지겠지. 신념에 대한 확신으로 마음이 뿌듯해졌습니다.

　그러나 정리집회를 마치고 집으로 돌아오는 길은 한없이 허탈했습니다. 단지 버스 한 정거장의 차이로 사람들은 지극히 평화로워 보였습니다. 저 건너편에서는 무슨 구호를 외치는지조차 들리지 않았습니다. '세상은 우리가 무슨 말을 하는지조차 관심이 없구나. 이렇게 해서 언제 새 세상이 올까?'

　영화 〈나무를 심은 사람〉은 평생 한결같이 나무를 심어온 엘제아르 부피에의 얘깁니다. 항상 사나운 바람이 몰아치고 모래가 날리는 황량한 벌판에 나무를 심는다는 게 쉬운 일은 아니었을 겁니다. 태반은 말라죽고 태반은 바람에 꺾이기를 몇 번이나 되풀이했을까, 마침내 한두 그루씩 목숨을 부지하는 잣나무들이 생겨나기 시작합니다. 그는 한 알의 씨앗이 건강한 나무로 자랄 것을 믿었습니다. 그래서 30년 뒤에는 울창한 삼림을 이루어 모두에게 편안한 안식처가 되어줄 것을 의심치 않았습니다. 아무도 그에게 관심을 가지지 않았지만 그는 지치지 않고 나무심기

학보사 사람들.
보고 싶고 그립죠.

작업을 계속해 갔습니다. 낙담하거나 주저앉지 않고 자기의 할 일을 묵묵히 해나갔습니다.

열매를 기대하고 시작한 일은 아니었습니다. 산림입국의 큰 뜻이 있었던 것도 아닙니다. 국토의 풍경을 바꾼 사람으로 역사에 길이 남기를 기대했던 것도 아닙니다. 무슨 훈장이나 포상금 따위를 노린 것도 아닙니다. 그는 나무가 잘 자라기를 바랄 뿐이었습니다. 그리고 오랜 세월이 흐른 뒤, 그의 꿈은 현실이 되었습니다. 나무는 튼튼하게 자라나 땅 속 깊이까지 뿌리를 내렸고 무성한 잎을 드리우고 풍성한 열매를 맺었습니다. 물이 흐르지 않던 불모지에는 맑은 물이 흘러내렸고 땅은 기름진 옥토로 변했습니다. 사람들은 하나 둘 비옥한 땅에 자리를 잡았고 온갖 새들이 찾아와 둥지를 틀었습니다. 폐허였던 사막은 젖과 꿀이 흐르는 풍요로운 초원으로 바뀌었습니다.

세상일이란 게 다 그렇듯이 사람들은 그 변화에 놀라워할 뿐 그의 공을 알아차리지 못했습니다. 숲은 예전부터 당연히 거기에 있어왔던 것으로 여겨질 뿐이고 그의 존재를 기억해주는 사람도 없었습니다. 한 사람이 헌신적으로 노력한 결과 황무지가 젖과 꿀이 흐르는 땅으로 바뀌었지만 아무도 그의 노고를 인정해주지 않았습니다. 하지만 그는 묵묵히 나무를 심을 뿐 아무런 대가를 바라지 않았습니다.

나무를 심는 일에 필요한 건 묘목, 삽, 적당한 수분, 청명한 날씨, 장갑 따위만이 아닙니다. 땅과 사람을 사랑하는 마음이 없다면 마른 흙에 묘목을 심는 일은 그저 어리석은 일에 지나지 않을 겁니다. 매일 물주고, 관심을 표시하고, 말을 걸어주는 정성이 없다면 씨앗은 묘목이 될 수 없고, 묘목은 뿌리를 내릴 수 없습니다. 어린 나무가 거목이 되기까지는 수없이 많은 눈물과 땀이 필요합니다. 영화 속에서 엘제아르 부피에의 액션은 땅을 파고 나무를 심는 게 전부지만, 말보다 더 많은 말을 말없이 전해줍니다.

세상은 조금씩 변화하는 듯이 보였고 최루탄 연기를 헤치고 뛰어다니던 젊은이들도 잊혀져갔습니다. 운좋게 취직이 된 저와는 달리 그녀는 어딘가로 편입되는 데 어려움을 겪었습니다. 구체적인 삶의 설정보다 거국적인 목표를 앞세웠던 당시의 '동지들' 대부분이 방향을 잃고 방황할 수밖에 없었습니다. 사회에서 원하는 아무런 무기도 갖추고 있지 않았던 그들로서는 자리잡기에 어려움을 겪을 수밖에 없습니다. 컴퓨터 실력,

우리가 꿈꾸던 세상은
어떤 것이었을까?

10년 뒤의 우리는
어떤 모습일까?

외국어 구사력, 좋은 학점 가운데 어느 것도 갖추지 못한 이들이 태반이
었습니다. 그녀의 운명도 마찬가지였습니다. 어디에서도 따뜻하게 그녀
를 받아주지 않았습니다.

지금은 아이들의 공부를 돌봐주는 아르바이트를 하고 있다고 했습니
다. 직장에 다니는 것도 아니고 친구들 만나는 일도 애써 피해온 그녀가
혼자서 무얼 하며 시간을 보내는지 궁금했습니다. "그럼 하루종일 집에
서 뭐 하니? 영화 보니?" 학교 다닐 때 영화를 무척 좋아하던 그녀였습니
다. "전혀 안 봐. 무슨 영화가 있는지도 몰라. 두 시쯤 동네 시립 도서관
에 가서 여덟 시간 동안 앉아 있어." 문학도였던 그녀답게 도서관에서 시
간을 보내는가 생각했습니다. "책은 하나도 안 읽어. 신문만 봐." 그녀가
하루종일 신문 쪼가리를 들고 열심히 읽는 모습을 상상해 보았습니다.
"앞으로는 뭐 할 건데?" 이미 서른이 넘은 나이에 신입사원으로 직장에
들어갈 수도 없고 자격증 시험을 준비할 계획이라고 그녀는 말했습니다.
시험에 합격하면 초등학교 선생님을 할 수 있다고 했습니다. 초등학생들
을 인솔하는 그녀를 떠올려 봤습니다. 잘 연상이 되지 않았습니다.

사회가 변화하면 승리자의 전리품을 나누어 가지고 싶었습니다. 돈이나 권력 얘기가 아닙니다. 사회 변혁의 주인공 가운데 한 사람이었다고 자랑하고 싶었습니다. 우리가 바친 청춘을 보상받고 싶었습니다. 하지만 세상은 변하지 않았고 우리의 젊음은 사라졌습니다. 역사는 기억해주리라 믿었지만 우리의 기억 속에서조차 제대로 정리되지 않은 채 묻혀버렸습니다. 이제는 다들 그때의 이야기를 꺼내지 않습니다. 그녀는 그렇게 혼자만의 세상에 남겨졌습니다. 다른 이들도 세상이 변할 것이라는 믿음을 버렸습니다.

　조급하게 생각한 것 자체가 무리였습니다. 길게 보고 느긋하게 했어야 했는데. 우리는 뜨겁게 타올랐고 더 이상 열기를 지속시킬 그 무엇이 없었습니다. 한시적으로 열정을 쏟아부을 거라고 생각한 것도 아니었는데 일정한 기간이 지나고 나서는 냉담해졌습니다. 아예 관심을 갖지 않고 차가워져 버렸습니다. 일정한 온기로 조금씩 녹여보자는 마음을 가졌어야 했습니다.

　다시 만나니 좋더군요. 10년이 한순간에 스러졌습니다. 그녀는 그녀대로 저는 저대로 각자의 자리에서 자라고 있었습니다. 성과야 그리 만족할 만하지는 않지만 우리는 애처롭게나마 버티고 있었습니다. 언젠가는 아름드리 나무가 되어 서로에게 안식처가 되고 쉬어갈 그늘이 되어주겠지요. 나무는 죽지 않았습니다.